Frieda Lamberti
Spitzenkerle
Wer rasiert, verliert

Montlake
Romance

Das Buch

Nach der Trennung von ihrem Ehemann steht Valentine finanziell vor dem Nichts. Mit ihren beiden Kindern zieht sie ins Haus ihrer Schwester Inga. Weil diese ihr im Rosenkrieg stets mit Rat und Tat zur Seite steht, möchte Valentine sich revanchieren. Was liegt näher, als die Planung für die bevorstehende Hochzeit von Inga und Marek zu übernehmen? Allerdings muss sie sich die Organisation mit Moritz teilen. Der beste Freund des Bräutigams hat ein Auge auf Valentine geworfen. Kann aus den beiden Hochzeitsplanern mehr als ein Team werden? Wird die Trauung nach all den Turbulenzen überhaupt stattfinden? Die Fragen sind berechtigt, denn bei den Spitzenkerlen sind Überraschungen nicht ausgeschlossen.

Die Autorin

Frieda Lamberti, gebürtige Hamburgerin, ist Langzeitehefrau, Mutter, Oma von vier Enkelkindern und lebt mit ihrem Mann in der Lüneburger Heide. Sie zählt sich zu den spät berufenen Schreiberinnen. Erst im Alter von fünfzig Jahren veröffentlichte sie ihren Debütroman »Ausgeflittert«. Frieda liebt Geschichten, die das Leben schreibt. Ob Komödie, Melodrama oder Romanze, in ihren Familiengeschichten kommen Humor, Spannung und Tragik nie zu kurz. Neben ihren zahlreichen Titeln, die sie als Selbstverlegerin herausbringt, veröffentlichte Frieda Lamberti bereits ihre Romane »Lila ist der Duft der Wahrheit«, »Frühstück inklusive«, »Herzklopfen und kalte Füße«, »Herzklopfen und kalte Hände«, »Kalte Milch und Kummerkekse«, »Warme Milch und Kummerkekse«, »Alias Nora Parker«, »Zeit der Seesterne«, »Lied der Seesterne«, die vierteilige »Spitzenweiber«-Reihe und den ersten Teil der »Spitzenkerle«-Reihe bei Montlake Romance.

FRIEDA LAMBERTI

Wer *rasiert,* verliert

Spitzenkerle

ROMAN

Montlake
Romance

Deutsche Erstveröffentlichung bei
Montlake Romance, Amazon Media EU S.à r.l.
5 Rue Plaetis, L-2338, Luxembourg
Dezember 2018
Copyright © der deutschsprachigen Ausgabe 2018
By Frieda Lamberti

Umschlaggestaltung: bürosüd⁰ München, www.buerosued.de
Umschlagmotiv: © RomanR / Shutterstock; © RM Studio / Shutterstock;
© baibaz / Shutterstock; © Olga Popova / Shutterstock
Lektorat: Media-Agentur Gaby Hoffmann, www.profi-lektorat.com
Gedruckt durch:
Amazon Distribution GmbH, Amazonstraße 1, 04347 Leipzig /
Canon Deutschland Business Services GmbH, Ferdinand-Jühlke-Str. 7,
99095 Erfurt /
CPI books GmbH, Birkstraße 10, 25917 Leck

ISBN: 978-2-91980-447-4

www.montlake-romance.de

BAND 2

RENDEZVOUS, WA?

VALENTINE

Wie glücklich ich mich schätzen kann, eine Schwester zu haben, auf die ich mich hundertprozentig verlassen kann, wurde mir erst klar, als ich mich von meinem lieblosen Ehemann getrennt habe. Inga hat keinen Moment gezögert und mich und meine beiden Kinder sofort bei sich aufgenommen.

Seit Wochen bewohnen wir nun schon zu sechst unser ehemaliges Elternhaus. Tagsüber klappt alles bestens. Ich kümmere mich um den Haushalt und hole meinen Neffen Mika mittags aus der Kita ab. Sobald Joshi und Muriel aus der Schule kommen, bringe ich ein leckeres Essen auf den Tisch. Wenn Inga gegen fünf von der Arbeit kommt, sitzen wir eine Weile gemütlich zusammen und quatschen. Erst wenn Marek abends aufschlägt, mache ich mich dünn. Obwohl er steif und fest behauptet, wir würden ihn nicht stören, spüre ich, dass er den Feierabend lieber allein mit seiner Verlobten verbringen möchte.

Heute habe ich mich in Schale geworfen und frage, ob ich den Wagen haben könnte, als mein Schwager in spe den Flur betritt.

Er reicht mir den Schlüssel und mustert mich grinsend. »Für wen hast du dich denn so aufgebrezelt, Valentine? Triffst du dich etwa wieder mit Moritz?«

Ich nicke verlegen und flüchte mich in Ausreden. »Ja, es gibt schließlich noch einiges in Sachen *Hochzeit* zu besprechen. Auch wenn du es nicht glaubst, wir nehmen unsere Aufgabe als Trauzeugen sehr ernst.«

Belustigt hebt er eine Braue. »Ihr plant doch wohl hoffentlich keine Kopie der britischen Feierlichkeiten für uns. Ich bin nicht Prinz Harry und Inga ist nicht Meghan Markle.«

Ich drücke ihm einen flüchtigen Kuss auf die Wange. »Stimmt! Ihr seid viel wichtiger. Genau deshalb muss ich jetzt dringend los«, erwidere ich lächelnd und husche an ihm vorbei.

Noch bevor ich den Wagen erreiche, höre ich meine Schwester laut kichern. Sie lacht ständig und ist vermutlich der am besten gelaunte Mensch in der Stadt, seit Marek nach fünf Jahren wilder Ehe vor ihr auf die Knie gegangen ist.

Obwohl es bei mir schon deutlich länger her ist, kann ich mich noch gut an das unbeschreibliche Glücksgefühl erinnern, als Arne mir einst einen Antrag machte. Damals ist es ihm gelungen, mich in unvorstellbare Hochstimmung zu versetzen. Ich konnte es kaum erwarten, seine Frau zu werden.

Wenn ich heute an ihn denke, bekomme ich Sodbrennen. Hoffentlich bleibt meiner Schwester diese Erfahrung erspart.

Je länger ich über die beiden Turteltauben nachdenke, desto unwahrscheinlicher erscheint es mir, dass Inga das gleiche Schicksal bevorsteht wie mir. Marek ist zum Glück ganz anders gestrickt als mein baldiger Ex. Ihm ist die Familie wichtig. Er würde alles tun, damit es Inga und Mika gut geht. Arne hingegen hat nur seinen geschäftlichen Erfolg im Kopf. Seine Kinder interessieren ihn nicht die Bohne. Hätte er sonst die Konten gesperrt?

Ich weiß, dass er uns im Grunde genommen gar nicht vermisst. Er handelt so, weil er es nicht verknusen kann, dass ich nicht länger nach seiner Pfeife tanze. Allein die Tatsache, dass er keine Macht mehr über mich hat, kratzt an seinem Ego.

Der Witz ist, dass er allen Ernstes glaubt, ich wäre ohne ihn lebensunfähig. Folglich geht er fest davon aus, dass ich schon bald reumütig zu ihm zurückkehre. Aber da täuscht er sich gewaltig. Arne hat nicht den geringsten Schimmer, was ihm noch blüht.

Sobald es mir gelingt, das durchzusetzen, was ich mir fest vorgenommen habe, wird er alles verlieren. Er soll spüren, wie es sich anfühlt, mit leeren Händen dazustehen. Ich werde nämlich persönlich dafür sorgen, dass mein Freund Friedrich das Grundstück zurückbekommt, das Arne seinem Vater hinterlistig für einen Spottpreis abgeluchst hat.

Und Moritz, der seinerzeit bauausführender Architekt unseres Ferienhauses war, wird endlich sein Honorar erhalten, das ihm dieser miese Betrüger noch immer schuldet.

Wie konnte ich bloß all die Jahre im Luxus leben, ohne mir die Frage zu stellen, ob es bei den Geschäften meines Mannes mit rechten Dingen zuging?

Ich werfe meine Handtasche auf den Beifahrersitz und starte den Motor. Schon nach wenigen Metern leuchtet die Tankanzeige auf. Mir ist sofort klar, dass der Sprit nicht ausreicht, um zu Moritz und später wieder zurückzufahren.

Eine Tankstelle nützt mir nichts, denn seit sich in meinem Portemonnaie nur noch Münzen im Wert von drei Euro befinden, nehme ich es gar nicht erst mit. Immerhin funktioniert mein Handy noch. Ich könnte meine Schwester oder Marek um Hilfe bitten, aber die beiden haben schon so viel für mich getan, da will ich den Bogen nicht überspannen. Stattdessen rufe ich Moritz an und bitte ihn darum, unser Treffen auf die Hamburger Innenstadt zu verlegen.

»Warum?«, fragt er erstaunt. »Ich habe für uns gekocht und gerade den Wein dekantiert.«

Obwohl ich mich geschmeichelt fühle, weil er sich meinetwegen so viel Mühe gibt, ziehe ich eine Schnute. »Ich fahre schon auf Reserve und du kennst ja meine finanzielle Situation.«

Meine Erklärung scheint ihn zu erleichtern. »Kein Problem. Ruf dir ein Taxi. Ich zahle die Fahrt und bringe dich später zurück.«

Unbehaglich beiße ich mir auf die Lippe. »Das ist viel zu teuer. Ich kann das nicht annehmen.«

»Und ob du kannst, Valentine. Wir sehen uns gleich. Ich freue mich auf dich.«

Weiterer Widerspruch ist zwecklos, denn er hat bereits aufgelegt. Ich suche mir einen Parkplatz in der Nebenstraße und stelle den Wagen ab. Noch bevor ich aussteige, überprüfe ich, ob ich nicht im Parkverbot stehe. Ich möchte es tunlichst vermeiden, dass Marek ein Knöllchen bekommt. »Alles okay«, murmele ich leise vor mich hin und bestelle mir mit der Taxi-App einen Wagen, der mich in die vierzig Kilometer entfernte Kleinstadt kutschieren soll.

Mein Fahrer ist nicht sehr gesprächig. Statt sich auf den Verkehr zu konzentrieren, tippt er ständig auf sein Smartphone. Erst nach zwanzig Minuten starrt er in den Rückspiegel und schaut mich irritiert an. »Kann es sein, dass uns jemand folgt?«

Ich drehe mich um und blicke durch die Heckscheibe. Aber weder der rote Golf, der dicht hinter uns fährt, noch der Typ hinter dem Steuer sind mir bekannt.

Mein Fahrer bremst und biegt ab, ohne zuvor zu blinken. Nach diesem Manöver sind wir den vermeintlichen Verfolger los.

»Leiden Sie unter Paranoia?«, frage ich ihn belustigt. »Dann haben Sie den falschen Beruf.«

»Nee, aber es ist doch schon sehr merkwürdig, dass der uns hinterhertuckert, seit Sie eingestiegen sind.«

»Wie weit ist es noch?« Ich beuge mich vor, um einen Blick auf sein Navi zu erhaschen. Als ich erkenne, dass wir nur noch zwei Kilometer vom Ziel entfernt sind, rufe ich Moritz an.

Er verspricht, sofort herunterzukommen. Ich nutze die letzten Meter, um mein Aussehen vor den amüsierten Blicken des Fahrers im Schminkspiegel zu überprüfen.

»Rendezvous, wa? Keine Sorge, Gnädigste. Sie sehen passabel aus.«

»Für *passabel* gibt es kein Trinkgeld«, ziehe ich ihn auf, während das Navi signalisiert, dass wir unser Ziel erreicht haben.

Obwohl es mir peinlich ist, dass Moritz die horrenden Fahrkosten übernimmt, bin ich froh, hier zu sein. Außerdem bin ich gespannt auf sein Penthouse, von dem Marek mir vorgeschwärmt hat.

»Sieh dich in Ruhe um«, bietet mir der Hausherr an, nachdem wir seine Wohnung betreten haben.

Beeindruckt streife ich durch die Räume. Die Ausstattung in Küche und Bad ist von höchster Qualität. Die Möblierung ist zwar spärlich, trifft aber genau meinen Geschmack. *Dieser Mann hat Stil*, denke ich.

Als ich einen Stapel Umzugskartons entdecke, platzt es verwundert aus mir heraus. »Du wohnst schon fast zwei Monate hier und hast noch immer nicht alles ausgepackt?«

»Die Mühe spare ich mir. Ich werde hier nicht alt.«

»Bitte? Warum denn das? Die Wohnung ist ein absoluter Traum.«

»Traumhaft teuer. Mein Kumpel Claudius verlangt satte zwanzig Euro Kaltmiete für den Quadratmeter.«

»Und das ist dir erst klar geworden, *nachdem* du eingezogen bist?«

Er nickt beschämt. »Ich war sogar so dumm und habe meine kleine Bude gekündigt. Ein Zurück gibt es nicht mehr, denn der Eigentümer hat sie schon wieder neu vermietet.«

Weil ich dem Mann, der gerade hundert Euro für meine Taxifahrt bezahlt hat, keine Standpauke halten werde, spare ich mir meinen Kommentar. Obwohl ich denke, dass er sehr naiv gehandelt hat, pflichte ich ihm bei. »Zwanzig Euro Kaltmiete für dieses Kaff ist ganz schön happig.«

Meine Zustimmung scheint ihm zu missfallen, denn er schüttelt den Kopf. »Nenne meinen Geburtsort bitte nicht *Kaff.* Hier lässt es sich wunderbar leben.« Er reicht mir ein Glas Wein und bittet mich, ihm auf die Dachterrasse zu folgen. »Sieh doch nur! Ist das nicht eine fantastische Sicht?«

»Spektakulär! Sogar mit Elbblick«, staune ich.

Moritz schaut verklärt in die Abendsonne. »Als ich im Alter deiner Tochter war, habe ich dort hinten mit dem Rudersport angefangen.«

»Wo genau?«, erkundige ich mich und rücke näher an ihn heran. Doch als sich unsere Arme berühren, weiche ich reflexartig zurück.

»Siehst du den Anleger?«, fragt Moritz, obwohl ihm meine Reaktion nicht entgangen sein kann. Er deutet auf eine Holzbrücke, die vom Sandstrand in den Fluss führt.

Nachdenklich stütze ich mich auf dem Geländer ab. »Schade, dass ihr den Rudersport aufgegeben habt. Marek hat mir erzählt, dass ihr ein absolutes Dream-Team gewesen seid.«

Moritz lächelt wehmütig. »Stimmt. Das waren wir. Aber das ist lange her.«

»Warum?«

Er schaut mich an, als würde die Antwort auf der Hand liegen. »Mal davon abgesehen, dass mein Beruf mir keine Zeit lässt, bin ich mittlerweile viel zu alt.«

»Zu alt, um Sport zu treiben?«

»Zu alt für Leistungssport«, präzisiert er und schlägt vor, Platz zu nehmen. Erst jetzt fällt mir auf, wie hübsch der Tisch gedeckt ist. Es gibt sogar Kerzen, die farblich mit den Stoffservietten harmonieren.

»Ich hoffe, du hast Hunger mitgebracht«, bemerkt er zwinkernd, bevor er sich auf den Weg in die Küche macht.

»Appetit«, rufe ich ihm hinterher. In Gedanken bin ich noch immer beim Thema »Rudern«. Seit Mikas Geburtstag liegt ein riesiger Doppelzweier, Claudius' Geschenk, im Garten, weil das knapp zehn Meter lange Boot weder in die Garage noch in den Keller passt.

»Bitte, schaff das Ding weg«, hat Inga ihren Liebsten angefleht.

Doch Marek ist nicht bereit, für einen Liegeplatz zu bezahlen. »Lass es uns doch einfach bei eBay an Selbstabholer verscherbeln.«

Sein Vorschlag löste blankes Entsetzen beim Beschenkten aus. Mein Neffe baute sich vor seinen Eltern auf und schimpfte. »Das dürft ihr nicht! Das ist mein Boot! Das ist von Brummer!«

Um Mika zu beruhigen, habe ich vorgeschlagen, Friedrich zu fragen, ob er es mit seinem Hänger abholen und an die Ostsee bringen würde. »In seinem Bootshaus könnte der Kahn geparkt werden, bis ihr eine endgültige Lösung gefunden habt.«

Das allgemeine Kopfnicken habe ich als *Ja* gedeutet, ihn sofort angerufen und eine Nachricht auf seiner Mailbox hinterlassen. Bisher hat er sich noch nicht zurückgemeldet.

»Vorsicht, heiß«, tönt es hinter mir. Moritz balanciert zwei Teller und stellt zwei appetitlich angerichtete Fleischgerichte auf den Tisch. »Ich hoffe, du magst Kalb.«

Ich identifiziere die kleinen Rouladen als *Involtini*. Moritz hat sie mit Salbei, Käse und Parmaschinken gefüllt. Sie sind butterzart. Doch das Beste ist die Soße. Sie wurde raffiniert mit Wein und einem Spritzer Sahne abgeschmeckt.

»Hand aufs Herz. Hast du das wirklich selbst gekocht?«

Verunsichert schaut er mich an. »Schmeckt es dir nicht?«

»Nicht schmecken? Das ist der glatte Wahnsinn. So etwas Leckeres habe ich noch nie zustande gebracht, dabei bin ich auch keine schlechte Köchin.«

Erleichtert reicht er mir den Brotkorb.

Ich nehme eine knusprige Baguettescheibe. Mein Lob will nicht enden. »Und der Wein passt ausgezeichnet zum Essen. Gibst du dir etwa immer so viel Mühe?«

Er legt sein Besteck zur Seite und schaut mich direkt an. »Nicht immer. Leider! Meist ernähre ich mich von Pizza. Dabei liebe ich gutes Essen. Aber für mich allein …« Er bricht mitten im Satz ab, denn es klingelt an der Tür.

Genervt erhebt er sich und marschiert in den Flur.

Ich höre eine aufgebrachte Stimme, die einer älteren Dame gehören muss. »Nein, Moritz, so geht das nicht weiter«, zetert sie. »Der Lärm ist eine Zumutung.«

»Tut mir leid, Lore. Aber die Umbaumaßnahmen sind nun mal nicht leiser durchzuführen. In spätestens vier Wochen hast du wieder deine Ruhe«, besänftigt er sie.

Aber damit gibt sie sich nicht zufrieden. Dreist schlängelt sie sich an ihm vorbei und stolziert schnurstracks auf die Dachterrasse. »Ach, du hast mal wieder Damenbesuch. Ich will auch nicht lange stören.«

»Guten Abend«, begrüße ich sie höflich, obwohl mir das *wieder* in ihrem Satz leichtes Unbehagen bereitet.

Sie nickt freundlich, nimmt ungefragt Platz und stellt sich mir vor. »Ich bin Lore Sandmann, eine Nachbarin und alte Freundin von Moritz.«

»Angenehm«, erwidere ich und betupfe mir mit der Serviette den Mund. Dem Hausherrn scheint der Besuch seiner *alten Freundin* nicht sehr angenehm zu sein. Hinter ihrem

14

Rücken zieht er eine Grimasse, die mich sofort zum Grinsen bringt.

Erneut setzt die Seniorin an. »Vier Wochen? Das geht nicht, Moritz. Nicht einen Tag länger halten wir diesen Krach aus. Hubert ist herzkrank. Er darf sich nicht aufregen.«

»Warum siehst du es nicht positiv? Das Tattoo-Studio war dir doch schon immer ein Dorn im Auge. Nun zieht ein eleganter Barber Shop ins Erdgeschoss. Künftig kannst du deinen Hubert dort hinschicken, wenn er dir mal wieder auf die Nerven geht.«

»Was soll Hubert denn beim Frisör? Er hat doch kaum noch Haare auf dem Kopf. Allerdings könnten die, die ihm aus Nase und Ohren wachsen, mal wieder gestutzt werden.«

Offensichtlich hat sie nicht vor, schon zu gehen, denn sie fixiert die Karaffe Wein und bittet Moritz um ein Glas.

»Sonst noch Wünsche?«, erkundigt er sich gereizt.

Zu meiner Verblüffung schielt sie tatsächlich auf meinen Teller. »Wenn du mich schon fragst, dann würde ich gern dein Essen probieren. Seit du angefangen hast zu kochen, läuft mir das Wasser im Mund zusammen.«

Kopfschüttelnd verlässt Moritz die Dachterrasse.

Als er außer Hörweite ist, beugt Lore sich vor und flüstert mir unter vorgehaltener Hand zu: »Kennen Sie sich schon länger?« Ohne meine Antwort abzuwarten, fährt sie fort. »Passen Sie bloß auf! Moritz ist ein feiner Kerl, aber sein Weiberverschleiß spricht Bände.«

»Ist das so?«, erwidere ich pikiert und nehme Haltung an. Was denkt die Alte denn von mir? Hält sie mich etwa für ein schamloses Betthäschen?

Ich fühle mich genötigt klarzustellen, dass sie auf dem Holzweg ist. »Moritz und ich sind die Trauzeugen bei der bevorstehenden Hochzeit meiner Schwester. Wir organisieren das Fest. Ich bin nur hergekommen, um alle Details mit ihm zu besprechen.«

Sie grient und über ihren schmalen Lippen zeichnen sich tiefe Lachfalten ab. »Ja, sicher. Ich sag nur *Involtini*.«

Moritz kehrt zurück. Er hält eine geschlossene Flasche Wein und eine in Alufolie verpackte Schale in der Hand. »Lasst es euch schmecken«, erklärt er und reicht seiner Nachbarin den Rebensaft und eine Kostprobe seiner Hauptspeise. »Richte Hubert liebe Grüße aus. Ich begleite dich noch zur Tür.«

Als wir uns wieder gegenübersitzen, platzt es aus mir heraus. »Na, die ist ja 'ne Marke!«

»Ich kenne Lore Sandmann schon über zwanzig Jahre. Sie ist eine liebenswerte Person. Nur manchmal schlägt sie mit ihrer direkten Art über die Stränge. Ihr gehörte früher das Grundstück, auf dem ich diesen Neubau realisiert habe. Hätte sie nicht zugestimmt, ihr altes Haus abzureißen, wäre ich vermutlich noch immer Kurierfahrer. Ich habe ihr viel zu verdanken. Was sind dagegen schon zwei Kalbsrouladen und eine Flasche Wein?«

»Hast du ihr etwa den ganzen Rest des Essens mitgegeben?«

Moritz nickt grinsend. »Sonst wäre ich sie nie losgeworden.«

Noch immer hallen ihre warnenden Worte in mir nach. Moritz ist ein Frauenheld? Gut zu wissen! Danke, Frau Sandmann.

Ich besinne mich auf den eigentlichen Grund unseres Treffens, öffne meine Handtasche und fische eine handschriftliche Liste heraus. Ich lese Punkt drei vor. Es geht um die Location. »Was hältst du von einem Schafstall in der Lüneburger Heide?«

Moritz biegt sich vor Lachen. »Ich halte zwar alle Leute, die heiraten, für dumme Schafe. Aber das ist noch lange kein Grund, die Trauung in einem Stall stattfinden zu lassen.«

»Inga und Marek wollen es unkonventionell. Bevor du meinen Vorschlag kategorisch ablehnst, solltest du dir die Scheune mal vor Ort ansehen.«

Statt ihm anzubieten, dass wir gemeinsam hinfahren, wie ich es ursprünglich geplant habe, nehme ich Papier und Stift zur Hand und schreibe ihm die Adresse auf. Irritiert nimmt er den Zettel entgegen, während ich zum nächsten Punkt übergehe. »Musik! Hast du dich schon um einen DJ gekümmert?«

Er verneint. »Ich bin immer noch dafür, dass wir eine Band engagieren. Livemusik bringt doch viel mehr Stimmung.«

Ich teile seine Meinung nicht. Und das aus gutem Grund. »Die Gruppe, die auf Arnes Vierzigstem für Stimmung sorgen sollte, spielte gerade mal drei Stücke, dann machten sie Pause. Nach einer Stunde waren die Musiker so besoffen, dass wir sie mit vereinten Kräften vor die Tür setzen mussten.«

»Klingt nach einem gelungenen Fest«, amüsiert er sich.

Ich will nicht länger an meinen Ex denken und komme zum nächsten Punkt. »Deko.«

»Da lasse ich dir alle Freiheiten, denn davon habe ich keine Ahnung.«

Ein Blick auf seine geschmackvolle Tischdekoration genügt, um zu wissen, dass er reichlich tiefstapelt. Aber gut, ich werde mich allein darum kümmern.

Nach zwanzig Minuten haben wir alle Punkte auf der Liste abgehakt. »Ich möchte jetzt gern aufbrechen.«

»Schon? Ich habe noch Dessert für uns zubereitet.«

»Ich bin pappsatt«, schwindle ich und schaue demonstrativ auf meine Armbanduhr. »Es wird Zeit für mich. Morgen früh um sechs klingelt mein Wecker. Würdest du mich bitte zurückfahren?«

»Wenn du darauf bestehst.«

Ich bilde mir ein, einen Hauch von Enttäuschung in seiner Stimme wahrzunehmen. Sei es drum! Nach Lores Ansage will ich nur noch hier weg. Ich bin nicht der Typ für eine belanglose Bettgeschichte.

INVOLTINI UND CRÈME BRÛLÉE

MORITZ

Während der Fahrt sitzt Valentine stumm neben mir. Ich muss ihr jedes Wort aus der Nase ziehen. Aber sie will mir nicht verraten, was ihr durch den Kopf geht. Allmählich verliere ich die Geduld, deshalb schweige ich ebenfalls.

Unterdessen frage ich mich unentwegt, was an diesem Abend, der so vielversprechend begonnen hat, schiefgelaufen sein könnte. Dass ich mich über ihren Vorschlag mit dem Schafstall lustig gemacht habe, wird wohl kaum der Grund gewesen sein, oder doch?

Ich werfe ihr einen unsicheren Blick zu, aber weil sie mit verschlossener Miene aus dem Fenster starrt, verkneife ich es mir, weiter nachzuhaken. Schließlich will ich sie nicht verärgern.

Unser Abschied fällt zu meinem Bedauern kühl aus. Dabei hatte ich gehofft, wir würden uns endlich etwas näherkommen. Wir treffen uns nun schon seit einigen Wochen regelmäßig und mittlerweile empfinde ich mehr für sie als eine rein platonische Zuneigung. Ich mag sie. Sehr sogar.

Als ich vierzig Minuten später wieder zu Hause bin, trete ich hinaus auf die Dachterrasse, um aufzuräumen. Aber es befindet sich kein Gedeck mehr auf dem Tisch. »Ja, spinn ich jetzt?«

Ich bin mir absolut sicher, dass wir aufgebrochen sind, ohne vorher Klarschiff zu machen.

In der Küche begebe ich mich auf die Suche nach dem Schmutzgeschirr. Auf der Arbeitsplatte steht nichts. Auch von den Töpfen auf dem Herd fehlt jede Spur. Allerdings höre ich das leise Rauschen des Geschirrspülers.

»Verdammt, Lore!«, knurre ich, als mir klar wird, dass sie sich mit dem Schlüssel, den ich ihr für den Notfall überlassen habe, Zutritt verschafft haben muss. Ich finde, das geht zu weit. Wenn ich es recht bedenke, ist Valentine auch erst auf Distanz gegangen, nachdem Lore hier aufgetaucht ist.

Ich will es genau wissen und stiefle eine Etage tiefer. Dass ich gleich dreimal hintereinander bei Sandmann klingle, sollte ihr deutlich machen, wie wütend ich gerade bin.

Nicht Lore, sondern Hubert öffnet die Tür. Er trägt bereits einen Schlafanzug und schaut mich mit müden Augen an.

»Ist was passiert?«, will er wissen.

Ich komme gleich zum Punkt. »War Lore bei mir oben?«

Er nickt. »Ja, sicher. Du hast ihr doch Wein und eine Schale mit Fleischröllchen mitgegeben. Vielen Dank dafür. Es hat uns vorzüglich geschmeckt.«

»Das meine ich nicht. Sie muss danach noch mal da gewesen sein.«

»Wer ist das, Hubert?«, dröhnt es aus dem Wohnzimmer.

Lore gibt sich die Ehre und kommt an die Tür. Ich frage sie direkt, ob sie noch einmal oben gewesen sei, aber sie runzelt die Stirn. »Wann?«

Ungeduldig verdrehe ich die Augen. »Ich meine, als ich fort war, um Valentine nach Hause zu fahren. Gib es doch zu! Du hast den Tisch abgeräumt und den Spüler bestückt.«

Die beiden sehen mich an, als hätte ich nicht mehr alle Latten am Zaun.

»Bist du betrunken?«, fragt Hubert. Er kommt einen Schritt auf mich zu und schnuppert an mir. Nachdem er meinen Atem überprüft hat, gibt er Entwarnung. »Eine Fahne hat er nicht und seine Augen sind auch ganz klar.«

»Ich bin alt, aber gewiss nicht meschugge«, poltert Lore empört los. »Wieso sollte ich deinen Abwasch erledigen?«

Nach diesen Worten dreht sie sich um, watschelt in die Küche und kommt gleich darauf mit meiner Schüssel zurück. Mit den Worten »Nimm nächstes Mal weniger Salbei« drückt sie mir das Porzellan in die Hand. Dann sieht sie mich hoch erhobenen Hauptes an. »Und nun entschuldige uns. Wir wollten gerade zu Bett gehen. Obwohl es landläufig heißt, dass alte Leute wenig Schlaf brauchen, benötigen wir nämlich doch ein Mindestmaß an Ruhe, bevor dieser Höllenlärm wieder anfängt.«

Noch bevor ich sie fragen kann, ob sie Valentine gegenüber eine Bemerkung gemacht hat, die ihren plötzlichen Aufbruch rechtfertigen würde, schlägt Lore mir die Tür vor der Nase zu.

Genau so schlau wie vorher kehre ich ins Penthouse zurück und sehe mich ratlos um. Wenn Lore nicht für die Aufräumaktion verantwortlich ist, wer war es dann?

»Claudius!«, rufe ich aus, als mir einfällt, wer außer uns beiden noch einen Wohnungsschlüssel besitzt.

Ist mein Freund, Vermieter und Auftraggeber etwa wieder in der Stadt? Um das herauszufinden, rufe ich ihn sofort an.

»The person you have called is temporarily not available«, tönt es in mein Ohr. »Please try again later.«

Da diese Ansage auf Englisch erklingt, weiß ich, dass er sich nicht hier, sondern in London aufhält.

Mit der festen Absicht, morgen das Türschloss auszuwechseln, gehe ich ins Bad, um zu duschen. Während das heiße Wasser auf meinen Rücken prasselt, denke ich daran, wie schön es hätte sein können, wenn Valentine geblieben wäre. Die Vorstellung, sie zu berühren, erweckt prompt mein bestes Stück zum Leben. Jetzt kann ich mir entweder einen runterholen oder allein vor dem Fernseher die Crème brûlée verputzen, mit der ich bisher bei jeder Frau punkten konnte.

Wieso eigentlich *oder*?

Eins nach dem anderen, beschließe ich, und sorge dafür, dass es doch noch ein entspannter Abend wird.

SCHULSCHWÄNZER

VALENTINE

Die Kinder schlafen noch, als ich den Frühstückstisch decke. Inga ist im Bad, aber Marek hat seine Morgentoilette bereits erledigt und will mir in der Küche zur Hand gehen.

»Du musst tanken«, erkläre ich, während ich die Kaffeemaschine bestücke. Obwohl er nicht antwortet, fühle ich mich genötigt, ihm gegenüber klarzustellen, dass nicht ich sein Benzin verbraucht habe. »Die Reserveanzeige hat gleich aufgeleuchtet, nachdem ich losgefahren bin. Deshalb habe ich den Wagen sofort abgestellt und mich abholen lassen. Also mach mir bitte keine Vorhaltungen.«

Plötzlich spüre ich seine Hand auf meinem Rücken. »Ach, Valentine. Ich würde dir doch niemals Vorhaltungen machen. Warum weigerst du dich strikt, Geld von uns anzunehmen? Wir würden dich gern finanziell unterstützen.«

Ohne mich umzudrehen, antworte ich ihm. »Ihr tut schon genug für uns.«

»Genau wie du«, erwidert er ruhig und lässt immer noch nicht locker. »Würdest du dich nicht um Mika und um den Haushalt kümmern, kämen Inga und ich ganz schön in die

Bredouille. Seit wir unsere neuen Posten bekleiden, können wir uns kaum noch vor Arbeit retten.«

»Freut mich, dass es bei euch beiden läuft.« Mit einem ehrlichen Lächeln bedanke ich mich dafür, dass er erkennt, was ich hier tagtäglich leiste.

»Na, von einem Lauf kann bei mir nicht gerade die Rede sein. Ich stehe ganz schön unter Druck. Heute muss ich Claudius gestehen, dass die Einbauten für den Barber Shop, die ich vor Wochen bestellt habe, nicht geliefert werden.«

»Ist dein Freund in Zahlungsschwierigkeiten? Er gehört doch wohl nicht wie Arne der Spezies an, die am laufenden Band Aufträge erteilt, sich aber um die Begleichung der Rechnungen drückt?«

Marek schüttelt den Kopf. »Ganz gewiss nicht! Geld spielt bei Claudius keine Rolle. Er wirft es mit vollen Händen hinaus, wie du an seinem Geburtstagsgeschenk für Mika sehen konntest. Aber sein Schotter nützt ihm in diesem Fall nichts. Der Schreiner, der die Einbauten noch per Hand gefertigt hat, ist völlig unerwartet verstorben. Bis ich Ersatz gefunden habe, kann es Wochen dauern. Damit rückt der Eröffnungstermin in weite Ferne.«

»Was rückt in weite Ferne?«, fragt Inga, die in ihren Bademantel gehüllt die Küche betritt. Erst busselt sie Marek, dann bekomme ich ein Küsschen, bevor sie sich wieder ihrem Verlobten zuwendet. »Ich hoffe, du sprichst nicht von unserer Hochzeit.«

»Quatsch! Der Termin steht«, versichert der künftige Bräutigam und schaut mich neugierig an. »Willst du uns nicht verraten, was du und Moritz gestern Abend besprochen habt?«

»Oh ja, bitte!«, quietscht meine Schwester und hopst auf die Arbeitsplatte.

»Lasst euch überraschen«, erwidere ich schmunzelnd, während Muriel und Joshi in die Küche poltern.

Froh über die Ablenkung überprüfe ich die Kleidung meiner Kinder und wische Joshi einen Zahnpastafleck von der Wange. Prompt verzieht er das Gesicht.

Kurz darauf versammeln sich alle um den großen Tisch. Inga hat sich noch immer nicht angezogen. Stattdessen steht sie am Herd und bereitet Pancakes zu.

»Heute kein Vollkornmüsli?«, fragt mein vorlauter Sohn. »Bist du krank, Inga?«

Meine Schwester nimmt es ihm nicht krumm und lacht. »Nein, du kleiner Klugscheißer. Heute habe ich frei. Und wenn ich frei habe, gibt es immer ungesunde Sachen zum Frühstück.«

»Dann bringst du mich heute in die Kita?«, freut sich mein Neffe.

Aber seine Mutter erteilt ihm eine Absage. »Nein, Spatz, Papa bringt dich. Ich habe gleich einen Termin mit Valentine in der Stadt. Wir suchen ein Brautkleid aus.« Bevor sie sich zu mir an den Tisch setzt, holt sie ihr Tablet. Nur ich darf begutachten, welche Fotos sie gespeichert hat. Bei einem Traum aus weißem Tüll in der klassischen A-Linie stoppt sie. »Wie findest du das?«

»Bezaubernd. Das würde dir bestimmt gut stehen«, schwärme ich.

Längst haben wir die Neugierde aller Anwesenden geweckt. Marek reckt sogar den Hals, woraufhin Inga sich ein wenig in ihrem Eifer bremst. Damit er keinen Blick auf ihr Traumkleid erhaschen kann, stellt sie das Gerät wieder aus und zwinkert ihm zu. »Geduld, junger Mann. Ich habe fünf Jahre gewartet, da wirst du es wohl noch vier Wochen aushalten.«

Muriel zieht mal wieder eine Schnute.

»Was ist schon wieder los?«, will ich von meiner Tochter wissen. »Warum machst du so ein miesepetriges Gesicht?«

»Ich würde auch gern mitkommen.«

»Du hast Schule«, gebe ich zu bedenken.

»Aber nur Sport und Religion. Die anderen Fächer fallen heute aus«, kontert sie und schaut nicht mich, sondern meine Schwester flehend an.

Inga grinst. »Dann zieh dir deine Sneakers an und komm mit. Shoppen ist schließlich auch Sport und mit Religion hat unsere Familie eh nichts am Hut.«

Laut jubelnd fällt Muriel ihrer besten Tante der Welt um den Hals.

Obwohl ich widersprechen möchte, tue ich es nicht. Meine Tochter nach der Trennung von Arne endlich mal wieder glücklich und über das ganze Gesicht strahlend zu erleben, ist Grund genug für mich, ihr zu erlauben, ausnahmsweise den Unterricht zu schwänzen.

Bereits vor zehn Uhr erreichen wir mit Bus und Bahn den Brautsalon. Das Geschäft ist noch geschlossen. Zu dritt drücken wir unsere Nasen ans Schaufenster und bestaunen die traumhaften Kleider, von denen eins schöner ist als das andere. Ich könnte mich für keine Robe entscheiden und bin froh, dass ich nie wieder in die Verlegenheit kommen werde, mir ein Brautkleid zu kaufen. Denn dass ich jemals wieder heiraten werde, ist völlig ausgeschlossen.

Muriel zeigt auf ein Modell mit einer langen Schleppe. »Das würde ich nehmen, Inga.«

»Das kommt nicht infrage, Süße. Wir heiraten nicht kirchlich.«

Erste Enttäuschung macht sich im Gesicht meiner Tochter breit. »Aber du nimmst doch hoffentlich ein weißes Kleid und einen Schleier, oder?«

»Weiß ja, aber keinen Schleier.«

»Wenigstens ein Kleid mit Spitze?«, hakt sie weiter nach.

Ich ahne schon, was meine Schwester ihr antworten wird. Und richtig. »Keine Spitze, die kratzt.«

Amüsiert betrachte ich meine Kleine, denn sie lässt nicht locker. »Dann willst du eins aus Tüll? Und in welchem Stil? Prinzessin, Meerjungfrau oder Fit and Flare?«

Inga blickt erstaunt zu ihr runter. »Woher kennst du dich so gut aus?«

Ich antworte für meine kleine Expertin. »Muriel sieht sich nachmittags gern Hochzeitssendungen an.«

Meine Schwester lacht. »Da soll noch mal jemand behaupten, Fernsehen würde nicht bilden.«

Endlich lässt sich eine Mitarbeiterin im Brautsalon blicken. Mit einem Schlüssel in der Hand nähert sie sich der Eingangstür. Noch bevor sie aufschließt, hören wir das laute Quietschen von Autoreifen hinter uns. Simultan schrecken wir auf und drehen uns um.

»Ach, du liebe Zeit!«, entfährt es mir. »Wo kommt der denn her?«

Muriel erkennt den Wagen ihres Vaters sofort und stürmt freudig auf ihn zu. »Papi«, ruft sie und wartet darauf, dass er sie begrüßt. Doch Arne springt aus dem Auto und stürmt auf mich zu, ohne sein Kind zu beachten.

Mit ausgestrecktem Zeigefinger droht er mir und brüllt: »Das hat ein Nachspiel!«

Entgeistert starre ich ihn an. Ich habe keine Ahnung, was er meint.

Anstelle einer weiteren Erklärung greift er ruppig Muriels Arm und fordert sie auf einzusteigen.

Ich bin zu keiner Regung fähig. Wie angewurzelt stehe ich auf dem Bürgersteig und kann nicht glauben, was gerade passiert.

Schneller als ich begreift Inga, was er vorhat. »Hast du deinen Verstand jetzt ganz verloren?«, schreit sie Arne an. »Lass sie sofort los!«

Doch die Worte meiner Schwester beeindrucken ihn nicht. Wutentbrannt reißt er die hintere Wagentür auf und schubst meine Tochter auf den Rücksitz. Mit einem Knall wirft er die Tür hinter ihr zu. Völlig verängstigt schaut Muriel aus dem Fenster.

»Wage es nicht, sie mitzunehmen«, will ich ihn mit fester Stimme anbrüllen, aber mehr als ein leises Krächzen bekomme ich nicht heraus.

Arne wirft mir einen verächtlichen Blick zu, bevor er ebenfalls einsteigt und mit Vollgas davonfährt.

Die Brautmodenverkäuferin, die das Spektakel hautnah mitbekommen hat, tritt aus dem Laden. »Kennen Sie den Mann, der die Kleine gerade ins Auto gezerrt hat? Soll ich die Polizei verständigen?«, fragt sie und erklärt, dass sie sich Arnes Autokennzeichen gemerkt hätte.

»Das ist nicht nötig«, erwidere ich und befürchte, dass meine Knie gleich nachgeben. Auf wackeligen Beinen folge ich Inga ins Geschäft und steuere auf die erstbeste Sitzgelegenheit zu. Mit zittrigen Händen fische ich mein Handy aus der Handtasche und rufe den durchgeknallten Vater meiner Kinder an.

Er meldet sich nach dem zweiten Klingeln. Meine Stimme ist zurück.

»Was soll das?«, fauche ich ihn an.

»Die Frage gebe ich zurück«, erwidert er in gewohnter Arroganz. »Wieso ist meine Tochter heute nicht in der Schule? Soll aus ihr genauso ein nichtsnutziges Weib werden, wie du eins bist?«

Gerade will ich ihm erklären, warum ich ihr erlaubt habe, uns heute zu begleiten, als er mich erneut anbrüllt.

»Was bist du bloß für eine Mutter? Du bist komplett unfähig! Künftig bleiben die Kinder bei mir!«

Danach macht es klick.

Ich rufe sofort wieder bei ihm an, aber er drückt mich einfach weg. Fassungslos schlage ich mir die Hände vors Gesicht, während sich meine Augen mit Tränen füllen.

»Was hat er gesagt?«, bohrt Inga.

»Er nimmt mir die Kinder weg«, schluchze ich. »Warum habe ich nur erlaubt, dass Muriel mitkommt? Das wird er gegen mich verwenden.«

Meine Schwester setzt sich auf die Sessellehne und streicht mit der flachen Hand über meinen Arm. »Das kann er gar nicht. Kein Richter, der bei Verstand ist, wird diesem Choleriker das Sorgerecht übertragen.«

Ingas Versuch, mich zu trösten, bewirkt das genaue Gegenteil. Sollte tatsächlich erst ein Gericht bemüht werden, könnte es darauf hinauslaufen, dass ich meine Kinder wochen- oder sogar monatelang nicht sehe.

»Woher weiß er überhaupt, dass sie den Unterricht schwänzt?«, fragt Inga.

Ich denke kurz nach, bis mir die einzig plausible Erklärung einfällt. »Er muss es von Joshi erfahren haben. Bestimmt hat Arne sich wieder vor der Schule positioniert, um die beiden auszuquetschen.«

»Das erklärt aber nicht, wie er hier auftauchen konnte. Joshi kann ihm nicht verraten haben, welches Brautmodengeschäft wir aufsuchen, denn darüber haben wir in seinem Beisein gar nicht gesprochen.«

Momentan ist es mir völlig egal, wie Arne es herausgefunden hat. Viel wichtiger ist es, dass er sich nicht auch noch meinen Sohn greift. Panisch springe ich auf. »Ich muss sofort zurück und Joshi abholen.«

»Nun beruhige dich doch erst mal. Wir finden schon eine Lösung.« Sie zückt ihr Handy und ruft Marek an. »Wo steckst du, Liebling? Wir brauchen ganz dringend deine Hilfe.«

In knappen Worten schildert sie ihm, was soeben vorgefallen ist. Doch als Marek antwortet, kann ich von ihrem Gesicht ablesen, dass er nicht rechtzeitig kommen kann, um zu verhindern, dass mir auch noch mein Zweitgeborener entzogen wird.

Völlig aufgelöst breche ich in Tränen aus.

Die Verkäuferin wagt sich vorsichtig vor. »Möchten Sie Ihre Anprobe lieber verschieben?«, fragt sie meine Schwester. »Ich könnte das verstehen. Wenn Sie wollen, vereinbaren wir einen neuen Termin.«

Als meine Schwester nickt, schüttle ich vehement den Kopf. Entschlossen wische ich mir übers Gesicht. »Das musst du nicht, Inga. Suche dir in aller Ruhe dein Traumkleid aus. Ich fahre ohne dich.«

»Ganz sicher nicht!«, widerspricht sie mir energisch. »Auf gar keinen Fall werde ich dich jetzt allein lassen.« Dann wendet sie sich an die empathische Beraterin. »Danke für Ihr Verständnis. Ich werde mich kurzfristig bei Ihnen melden.«

Noch während wir auf den Bürgersteig treten, ruft Inga bei Irene an. Sie bittet sie, sich nicht erst nach Schulschluss, sondern sofort auf den Weg zu machen, um meinen Kleinen abzuholen.

MEDIATOR

MORITZ

Seit einer Stunde sitzt Marek mir im Büro gegenüber und ruft sämtliche Schreiner und Tischler an, die sich in meiner Kartei befinden. Nach jedem Telefonat zieht er ein längeres Gesicht. »Keine Chance. Kurzfristig ist niemand zu bekommen«, seufzt er.

»Melde dich bei Claudius und erkläre ihm, was los ist. Er wird dir schon nicht den Kopf abreißen. Dass der Innenausbauer das Zeitliche gesegnet hat, ist schließlich nicht deine Schuld.«

Nach der dritten Tasse Kaffee ist er bereit, die Hiobsbotschaft zu verkünden.

»Wenn du ihn dran hast, frage ihn mal, ob er meinen Wohnungsschlüssel weitergegeben hat.« Ich beantworte Mareks erstaunten Blick sofort. »Während ich Valentine gestern Abend nach Hause gefahren habe, war jemand im Penthouse.«

»Fehlt was? Wurdest du bestohlen?«

Ich schüttle den Kopf. »Nee, es wurde nur aufgeräumt. Glaub mir, das war ganz schön unheimlich. Ich werde auf jeden Fall noch heute das Türschloss austauschen.«

»Es wurde aufgeräumt?«, wiederholt er wie ein Papagei. Im nächsten Moment grinst er breit. »Vielleicht hat Claudius dir

30

eine Putzfrau besorgt, weil er befürchtet, dass du sein Eigentum zumüllst. Das würde auch die völlig überzogene Miete erklären, die er von dir verlangt.«

Die Frage, ob unser gemeinsamer Freund tatsächlich für den Eindringling verantwortlich ist, muss aufgeschoben werden, denn Mareks Handy klingelt.

»Das ist mein Schatz«, erklärt er und geht sofort ran. »Er hat was?«, ruft er entgeistert aus. – »Dieser Scheißkerl! Weiß er denn nicht, was er seiner Tochter damit antut?«

Marek schaut auf die Uhr. »Ich bin bei Moritz im Büro. So schnell schaffe ich es nicht zurück. Ruf Irene an. Sie muss wissen, was passiert ist, bevor sie Joshi aus der Schule abholt.« Darauf folgt eine kurze Pause, in der er nur zuhört und nickt. »Ja, ich setze mich sofort in Bewegung.«

Als er auflegt, will ich wissen, was ihn so aus der Fassung gebracht hat.

»Arne ist völlig überraschend vor dem Brautsalon aufgetaucht, in dem Inga in Begleitung von Valentine und ihrer Tochter ein Kleid kaufen wollte. Er hat Muriel ins Auto gezerrt und ist mit ihr auf und davon. Als Nächstes will er sich wohl den Kleinen schnappen. Ich muss auf der Stelle los, bevor dieser Arsch noch völlig durchdreht.«

Nach seiner knappen Schilderung muss ich sofort an Dana denken. An die Frau, die ich einst aus den Fängen ihres brutalen Mannes befreit habe. »Ich komme mit!«, beschließe ich und folge Marek im Laufschritt durchs Treppenhaus.

Ich steige in meinen Wagen und fahre ihm hinterher. Wohin es geht, weiß ich nicht. Ich kann ihn auch nicht telefonisch erreichen, um zu fragen, was er jetzt vorhat, denn bei ihm ist ständig besetzt. Vermutlich hält er Kontakt zu Inga.

Sollte Arne seinen Kindern ein Haar krümmen, wird er mich kennenlernen. Bei Gewalt gegen die eigene Familie kenne ich kein Pardon.

31

Erst letzte Woche habe ich Valentine gefragt, ob ihr Ex zu körperlicher Gewalt neigt. Zwar hat sie verschämt den Kopf geschüttelt, aber so recht glauben konnte ich ihr nicht.

»Er wird nicht handgreiflich. Trotzdem schafft er es, uns durch seine bloße Anwesenheit zu tyrannisieren.«

Liebend gern hätte ich sie in diesem Moment in den Arm genommen und getröstet. Aber ich habe den Impuls mit aller Macht unterdrückt und ihr nur mitfühlend zugenickt.

Marek hat mir dringend dazu geraten. Nachdem ich ihm mein Wort geben musste, dass ich mir von seiner künftigen Schwägerin mehr erhoffe als einen belanglosen One-Night-Stand, hat er mir empfohlen, ihr Zeit zu lassen. »Valentine ist noch längst nicht bereit für eine neue Beziehung.«

Der Ausgang unseres gestrigen Dates scheint das zu bestätigen, wie ich mir während der Fahrt nur widerwillig eingestehe. Aber trotz meiner Enttäuschung will ich ihr meine Unterstützung signalisieren.

So, wie es aussieht, fährt Marek direkt zu sich.

Vor seinem Haus sehe ich Valentine und Inga im Vorgarten stehen. Sie sprechen mit Irene, die völlig aufgelöst zu sein scheint. Mit einem unguten Gefühl steige ich aus und höre sie sagen: »Ich konnte es wirklich nicht verhindern. Arne hat mich einfach zur Seite gestoßen.« Sie deutet auf ihren Ellenbogen, den sie sich offensichtlich bei ihrem Einsatz verletzt hat.

Mitfühlend betrachtet Inga ihren geschundenen Arm. »Komm mit rein, ich werde dich verarzten.«

Valentine ist kreidebleich. Nur ihre Augen sind gerötet. Sie hat die Arme fest um ihren Oberkörper geschlungen und sieht aus, als würde sie jeden Moment zusammenbrechen.

Als ich ihren Kummer mit eigenen Augen sehe, brennt bei mir beinahe eine Sicherung durch. Ich balle wütend die Hände zu Fäusten.

Obwohl Inga ebenfalls mitgenommen ist, behält sie die Fassung. Mit sanfter Entschlossenheit schiebt sie Irene und Valentine ins Haus.

Marek tritt neben mich. »Alles klar, Mann?«

»Natürlich nicht!«, knurre ich und verziehe angewidert das Gesicht. »Ich wusste, dass der Typ nicht davor zurückschreckt, eine Frau zu schlagen.«

Mein Kumpel widerspricht. »Arne ist zwar ein Arsch, aber er ist kein Schläger.«

»Hast du Irenes Arm nicht gesehen? Wir sollten auf der Stelle zu ihm fahren und die Kinder zurückholen.« Fluchend raufe ich mir die Haare. »Verdammt noch mal! Am liebsten würde ich ihm eine verpassen!«

»Hör auf, Moritz. Gewalt ist doch keine Lösung. Aber du hast recht. Irgendjemand muss ihn schnellstens zur Räson bringen. Ich werde von Mann zu Mann mit ihm reden und ihm klarmachen, dass er mit seinem Handeln die Situation für Muriel und Joshi noch verschlimmert. Die beiden leiden ganz furchtbar unter der Trennung ihrer Eltern. Sie hängen nämlich an ihrem Vater, obwohl er es nicht verdient hat.«

Dass Marek die Ruhe behält, schreibe ich dem Umstand zu, dass er selbst vor einigen Wochen befürchten musste, Frau und Kind zu verlieren. Anders als ich kann er aus eigener Erfahrung nachempfinden, wie sich ein Vater fühlt, wenn die Familie zerbricht.

Gemeinsam gehen wir ins Haus. Die Frauen stehen in der Küche, wo Inga Irenes Arm verarztet. Valentine sitzt schluchzend am Fenster.

Marek will keine Zeit verlieren. Er verkündet den Frauen seinen Entschluss. »Ich werde jetzt zu Arne fahren und ihm ins Gewissen reden.«

Inga winkt ab. »Den Weg kannst du dir sparen. Die Kinder haben gerade angerufen und Valentine mitgeteilt, dass es ihnen gut gehe und sie bei ihm bleiben wollen.«

»Das haben sie gewiss nicht freiwillig gesagt«, wimmert das Häufchen Elend.

Ihre Jammerlaute gehen mir durch Mark und Bein. Am liebsten würde ich sie in den Arm nehmen, aber ich halte mich zurück.

»Wir hätten auf die Verkäuferin hören und gleich die Polizei einschalten sollen«, schimpft Inga.

Marek schüttelt entschieden den Kopf. Er hält das für keine gute Idee. »Damit verhärtet Valentine doch nur die Fronten. Ich schlage vor, wir beruhigen uns jetzt erst mal und überlegen, welche Schritte geeignet wären, damit die Situation nicht gänzlich eskaliert.«

Bei einer Tasse Kaffee bricht Irene ihr Schweigen. Offensichtlich hat sie den Schock mittlerweile überwunden, denn sie unterbreitet Valentine einen Vorschlag, der nicht von der Hand zu weisen ist. »Es bringt gar nichts, wenn sich einer von uns einmischt. Damit würden wir nur Öl ins Feuer gießen. Besser wäre es, du schaltest einen Profi ein. Es gibt Mediatoren, die sich mit solchen Krisen auskennen und zwischen den Parteien vermitteln können.«

Valentine lacht höhnisch auf. »Und du glaubst, so einer könnte was bewirken? Da kennst du Arne aber schlecht!«

Sie steht auf und schleicht in Richtung Flur.

»Was hast du denn jetzt vor?«, ruft Inga ihr irritiert hinterher.

»Na, was wohl?«, erwidert Valentine mit leerer Stimme. »Ich gehe packen. Er hat gewonnen!«

ABGEMELDET UND ABGEFÜLLT

VALENTINE

Nach meiner Verkündung herrscht in der Küche absolute Sprachlosigkeit. Es kann sich nur noch um Sekunden handeln, bis Inga die Treppe hinaufstürmt, sich vor mir aufbaut und an meinen Verstand appelliert.

Schon steht sie hinter mir. »Das kann unmöglich dein Ernst sein, Valentine. Du beabsichtigst doch nicht wirklich, zu ihm zurückzugehen, oder?«

»Hab ich eine Wahl? Ich werde ihm nicht die Kinder überlassen. Für ihn stellen sie lediglich ein geeignetes Druckmittel gegen mich dar, aber für mich sind sie mein Leben.«

»Wolltest du nicht endlich aufhören, dich von ihm unterdrücken zu lassen?«

»Das war, bevor er mir meine Babys weggenommen hat.«

Inga glotzt mich fassungslos an. Als sie den Versuch unternimmt, mir den leeren Koffer aus der Hand zu nehmen, setze ich mich mit vollem Körpereinsatz zur Wehr. »Lass gut sein, Schwesterchen. Ich bin nicht so stark wie du.«

»Natürlich bist du das! Außerdem stehen wir alle auf deiner Seite.«

Nun brennen mir die Sicherungen restlos durch. »Wo stehe ich denn? Ich habe kein Geld und auch kein eigenes Zuhause mehr! Glaubst du wirklich, ich würde es zulassen, dass ich auch noch Muriel und Joshi verliere?«

»Du bist vollkommen hysterisch! In diesem Zustand solltest du keine übereilten Entscheidungen treffen.«

Ich schlucke, während ich mit zittrigen Händen einen Stapel Wäsche aus dem Schrank nehme. Dann hole ich tief Luft. Um einen ruhigeren Ton bemüht, setze ich fort. »Ich habe mich bereits entschieden. Würdest du mich fahren?«

Inga zeigt mir einen Vogel. »Das kannst du vergessen! Marek und Irene brauchst du gar nicht erst zu fragen. Auch sie werden dich nicht in deinen goldenen Käfig zurückbringen.«

Als könnte mich das aufhalten. Entschlossen werfe ich unsere Klamotten in den Koffer und ziehe den Reißverschluss zu. Anschließend bitte ich meine Schwester, mich vorbeizulassen.

Doch sie gibt den Weg nicht frei. »Warum wirfst du dein Leben weg? Meine Güte, Valentine, auch du hast ein Recht darauf, glücklich zu sein. Denk doch auch mal an dich!«

»Etwa so, wie du nur an dich gedacht hast, als du dich in den schwulen Designer verguckt hast und Mika dir völlig egal war?«, zische ich in meiner Verzweiflung. »Vergiss es! Bei mir stehen die Kinder an erster Stelle!«

Mit weit aufgerissenen Augen starrt sie mich an. »Wie kannst du mir so etwas unterstellen, obwohl du genau weißt, dass das nicht wahr ist?«

Ich kann ihren verletzten Blick nicht länger ertragen und schiebe sie zur Seite.

Ohne mich zu verabschieden, verlasse ich das Haus. Den schweren Trolley ziehe ich bis zur Straßenecke, erst dann zücke ich mein Handy und rufe Arne an.

Resigniert und mit belegter Stimme lasse ich ihn wissen, dass ich mich geschlagen gebe. »Ich habe gepackt. Du kannst mich abholen.«

Völlig unerwartet lacht er mich aus. »Dich abholen? Du kannst bleiben, wo der Pfeffer wächst, du billige Schlampe. Wage es nicht, dich meinem Haus zu nähern!«

»Aber das ist es doch, was du wolltest«, stottere ich entsetzt. »Ich komme zu dir zurück. Wir vergessen die letzten Wochen und den Scheidungsantrag ziehe ich auch zurück.«

»Du begreifst mal wieder nicht, worum es geht, weil du strohdumm bist! Ich werde die letzten Wochen nicht vergessen. Niemals! Und was dich betrifft, du bist mir völlig egal. Du könntest nackt und hilflos vor mir im Rinnstein liegen, ich würde nur auf dich spucken.«

Seine kränkenden Worte prallen an mir ab. Zu oft habe ich sie schon aus seinem Mund gehört, als dass sie mich immer noch verletzen könnten. Ich kratze meine letzte Würde zusammen und stammle: »Aber die Kinder …«

Er fällt mir sofort ins Wort. »Die werden es bei mir besser haben als bei ihrer durchtriebenen Mutter.«

Minutenlang glotze ich wie gelähmt auf mein Handy, obwohl Arne längst aufgelegt hat.

Kraftlos stütze ich mich auf meinen Koffer. »Und nun?«, stammle ich.

Nach der Blamage, die ich mir soeben mit meinem bühnenreifen Abgang vor allen geleistet habe, traue ich mich nicht, bei Inga zu klingeln.

Gerade versinke ich in bodenloses Selbstmitleid, als jemand neben mir hupt. Es ist Moritz, auch das noch!

»Komm! Ich fahre dich«, bietet er an.

Bevor ich widersprechen kann, steigt er aus, schnappt sich mein Gepäck und hievt es in den Kofferraum.

Ich bin nicht fähig, ihm zu gestehen, was Arne mir gerade an den Kopf geworfen hat, und greife zu einer Notlüge. »Ich habe es mir anders überlegt. Ihr hattet alle recht. Es wäre doch idiotisch, wenn ich jetzt nachgebe.«

»Gut gebrüllt, Löwe«, stimmt Moritz mir zu und öffnet die Beifahrertür. »Also steig ein.«

»Aber bitte nicht zurück zu meiner Schwester! Ich habe sie furchtbar verletzt und schäme mich zutiefst für meine Worte.«

Moritz lächelt mich an. »Das habe ich gar nicht vor. Ich möchte dich auf andere Gedanken bringen. Bist du dabei?«

Mir ist alles recht. Hauptsache, ich muss Inga nicht gegenübertreten. Was habe ich mir bloß dabei gedacht, so unter die Gürtellinie zu zielen?

Moritz chauffiert uns zum Süllberg. Er will mich in einen der angesagtesten Biergärten der Stadt einladen. Ziemlich erstaunt schaut er mich an, als ich ihm mitteile, dass ich das Restaurant gar nicht kenne. »Ich bin die letzten Jahre nie ausgegangen. Wegen der Kinder …«, murmle ich und breche mitten im Satz ab, weil sich schon wieder ein Kloß in meinem Hals bildet. Aber ich kämpfe mit aller Macht dagegen an. Mit Erfolg. Meine Augen bleiben trocken. Und das ist auch gut so, denn sonst könnte ich das feine Ambiente, in das ich ausgeführt werde, gar nicht wahrnehmen.

Wir ergattern einen der wenigen freien Tische.

Wie ein Gentleman rückt Moritz den Stuhl für mich heran und macht mich richtig verlegen. Statt ihn anzusehen, verstecke ich mein Gesicht hinter der Speisekarte. Mein Blick fällt auf das Porträt des Besitzers. Ich schnappe nach Luft. »Das Lokal gehört Karlheinz Hauser. Wusstest du das? Dem Mann wurden zwei Michelin-Sterne verliehen.«

Für mich steht fest, dass ich hier nur ein Wasser nehmen werde. Nicht noch einmal soll Moritz für mich tief in die Tasche greifen.

Dieser schüttelt sichtlich amüsiert den Kopf. »Aber nicht für dieses Lokal. Der Gourmet-Tempel ist das *Seven Seas*. Hier geht es ganz ungezwungen zu. Du kannst dich getrost entspannen. Woher kennst du ihn überhaupt, wenn du noch nie zuvor hier gewesen bist?«

»Aus dem Fernsehen. Er ist ein begnadeter Koch. Nicht so ein Wichtigtuer wie die meisten Fernsehköche. Er hat es wirklich drauf; obendrein ist er unheimlich sympathisch.«

Moritz kneift ein Auge zu und sieht mich skeptisch an. »Der Mann ist fast zwanzig Jahre älter als du. Stehst du etwa auf Silberfüchse?«

Hitze breitet sich auf meinen Wangen aus. »Ich sag ja nur, dass er gut kochen kann. Die Haarfarbe ist dabei doch nicht entscheidend.«

»Hätte ja sein können.« Seine Miene wird eisern. »Dein Kerl hat schließlich auch einige Jahre mehr auf dem Buckel als du.«

»Themawechsel!«, bitte ich.

Moritz kommt meinem Wunsch nach und fragt, ob ich schon gewählt hätte, obwohl ich das Gefühl nicht loswerde, dass er gern noch weiter über meinen Männergeschmack sprechen würde.

Bevor ich ihm antworte, studiere ich erst die Preise, die zu meinem Erstaunen sehr akzeptabel ausfallen. »Ich nehme das halbe Grillhähnchen vom Drehspieß mit Kartoffel-Gurkensalat.«

»Gute Wahl«, erwidert Moritz. »Das schmeckt hier richtig lecker, auch wenn es an mein *Frango Piri Piri* nicht herankommt.«

»*Frango* was?«, frage ich nach.

»So heißen die pikanten Brathähnchen, die ich früher in Portugal gegessen habe und mittlerweile besser hinbekomme als die Grillmeister an der Algarve.«

Schon wieder bildet sich ein Kloß in meinem Hals. »Brathähnchen sind Joshis Leibgericht.«

»Nicht, Valentine.« Behutsam greift er nach meiner Hand, die kraftlos auf dem Tisch liegt. »Wir sind hier, um das, was heute geschehen ist, mal für eine Stunde aus dem Kopf zu bekommen. Ich bin mir sicher, dass letztendlich alles gut werden wird.«

Just in dem Moment, als der Ober sich nach unseren Speisewünschen erkundigt, klingelt mein Handy. Hastig reiße ich meine Hand zurück und wühle es aus meiner Tasche. Es ist Friedrich. Ihn einfach wegzudrücken, bringe ich nicht über mich. Obwohl es sich nicht schickt, vor all den Leuten zu telefonieren, nehme ich seinen Anruf an.

Ohne sein obligatorisches »Hallo Valentine, alles klar?« legt er los. »Wieso muss ich von Inga erfahren, was passiert ist? Sag mir bitte, dass du es nicht getan hast! Du bist nicht wieder zu ihm zurückgegangen.«

»Nein, bin ich nicht«, antworte ich ihm leise.

»Gott sei Dank. Wo steckst du?«

Ich stelle ihm eine Gegenfrage. »Wo bist *du*?«

»Bei deiner Schwester. Ich bin vor zehn Minuten mit dem Hänger gekommen, um das Boot abzuholen. Darum hast du mich doch gebeten.«

Stimmt. Das hatte ich. Nur habe ich das bei all der Aufregung völlig vergessen. »Das ist nett von dir. Inga ist bestimmt erleichtert, das Ding endlich loszuwerden.«

»Sehen wir uns noch, bevor ich abfahre?«

Ich werfe Moritz einen unsicheren Blick zu, der mich aufmerksam beobachtet. »Lass uns später noch mal telefonieren. Ich muss jetzt Schluss machen.«

Ohne Friedrich zu verraten, wo ich bin, lege ich auf.

Vermutlich würde Moritz gern wissen, wer der Anrufer war, aber weil er nicht fragt, sondern unsere Bestellung aufgibt, behalte ich es für mich.

Ich kann das Essen nicht genießen, denn ich verspüre überhaupt keinen Appetit. Der Tag liegt mir schwer im Magen. »Würdest du mir einen Schnaps ausgeben? Ich muss mir erst Mut antrinken, bevor ich Inga um Verzeihung bitte.«

»Logisch, obwohl eine Entschuldigung nicht nötig ist. Sie ist dir nämlich nicht böse.« Per Handzeichen winkt er den Ober heran und bittet ihn, mir einen doppelten Wodka zu bringen.

Inga soll mir nicht böse sein? Da schätzt Moritz meine Schwester aber völlig falsch ein. »Sie ist nachtragend wie ein Elefant.«

Moritz grinst. »Wohl eher blind wie ein Maulwurf«, korrigiert er mich. »Bis heute hat sie nämlich gar nicht gewusst, dass dieser Mode-Heini, der ihr den Kopf verdreht hat, stockschwul ist. Marek hat es ihr nie erzählt.«

Ich stöhne laut auf. »Trotzdem! Ich hätte das nicht sagen dürfen.«

»Du darfst alles sagen. Zumal Inga dir zu großem Dank verpflichtet ist. Hättest du sie und Marek nicht mit einer List zur Aussprache gezwungen, gäbe es gewiss keine Hochzeit.« Moritz macht eine kurze Pause. »Obwohl meiner Meinung nach eine Versöhnung völlig ausgereicht hätte.«

»Du bist mit dem Thema ›Ehe‹ wohl auch durch?« Rasch nehme ich dem Kellner das Schnapsglas ab. Bevor ich mutig mit einem weiteren Beispiel aus der Tierwelt fortfahre, kippe ich den Klaren auf ex. Angeekelt schüttle ich mich und knalle das Glas auf die Tischplatte.

»Aber ist es wirklich erstrebenswert, wie ein Schmetterling von einer Blüte zur anderen zu fliegen? Also, für mich wäre das nichts. Allerdings bin ich eine Frau und habe eine andere Sichtweise.«

Irritiert schaut Moritz mich an. »Du hältst mich für einen Schmetterling?«

Ich nicke. »Krieg ich noch einen?«

Er gluckst erheitert. »Na, sicher. Soll ich den Ober bitten, dir gleich eine Flasche zu bringen?«

»Nee, nur noch einen, maximal zwei. Ich vertrage nämlich keinen Alkohol. Aber an diesem Scheißtag mache ich mal eine Ausnahme.«

Ich bekomme den gewünschten Seelentröster. Noch bevor sich die Bedienung entfernt, lasse ich die Luft aus dem Glas. Ich finde Gefallen an dem Brennen in meiner Kehle. Es übertüncht kurzzeitig den Schmerz in meiner Herzgegend. »Bitte, bringen Sie mir noch einen.«

Moritz staunt. »Bist du sicher?«

Ich nicke. »Übrigens, sobald ich einen Job habe und Geld verdiene, lade ich dich ein.«

»Das hat keine Eile. Sag mir lieber, weshalb du mich einen Schmetterling nennst?«

Ups, auch diesen Spruch hätte ich mir besser gespart. Peinlich berührt senke ich den Kopf. »Dir eilt ein gewisser Ruf voraus.«

Nichtsahnend runzelt Moritz die Stirn. »Was für ein Ruf?«

Ich winke ab. »Es geht mich ja auch gar nichts an.«

Aber er lässt nicht locker: »Nun spuck es schon aus, Valentine. Ich will wissen, was man mir nachsagt.«

Mit einem süffisanten Grinsen blicke ich ihn an und merke, wie schwer es mir fällt, ihn zu fokussieren. »Nur wenn du noch einen ausgibst.«

Moritz zögert. »Du lallst schon.«

Mein anfängliches Kichern mündet in schallendes Lachen. »Ich lalle? Ich habe noch nie gelallt.«

Gentleman Moritz hält es für klüger, die Rechnung zu verlangen.

»Ich kriege keinen Schnaps mehr? Wie gemein! Du bist ja ein schöner Freund«, beschwere ich mich.

»Wenn du willst, kaufe ich dir eine Pulle an der Tankstelle. Damit kannst du dich später abschießen. Aber jetzt bringe ich dich nach Hause.«

Wieder lache ich auf, obwohl bittere Tränen in meinen Augen brennen.

Nach Hause? Wo soll das denn sein?

DER RETTER

MORITZ

Noch bevor ich in die Wohnstraße meines Kumpels einbiege, rufe ich ihn an. »Ich habe eine Schnapsleiche an Bord«, informiere ich Marek und werfe einen besorgten Seitenblick auf die schlafende Valentine. Hätte ich geahnt, dass sie wirklich überhaupt keinen Alkohol verträgt, wäre ich früher eingeschritten. Andererseits braucht sie dringend Ruhe – und wenigstens die scheint sie nach all der Aufregung nun zu bekommen.

»Valentine ist bei dir? Das sind gute Nachrichten.«

»Jepp. Aber ich warne dich schon mal vor. Sie ist ziemlich hinüber. Deine Hilfe ist gefragt, um sie ins Bett zu schaffen. Komm bitte raus und hilf mir.«

»Wird erledigt.«

Als ich vor dem Haus halte, steht Marek bereits in seiner Einfahrt.

Nach einem kurzen Blick durch das Seitenfenster schaut er belustigt zu mir rüber. »Sollten wir infolge der künstlichen Intelligenz mal unseren Beruf aufgeben müssen, können wir uns als Abschleppdienst für Besoffene selbstständig machen.«

Ich weiß genau, was er meint. Er spielt auf Claudius an, den wir erst kürzlich mit vereinten Kräften in mein Büro verfrachtet haben.

Inga hat nicht die leiseste Ahnung, was Mareks Bemerkung zu bedeuten hat. Sie lehnt im offenen Türrahmen und fragt nach.

Wie es sich für einen Mann gehört, der seine große Liebe schon bald ehelichen will, antwortet er ihr artig. »Dein Schwesterherz ist sternhagelvoll.«

Inga reißt die Augen auf. »Sie hat Alkohol getrunken? Valerie verträgt doch nichts. Bitte, seid vorsichtig und bringt sie aufs Sofa.«

Noch bevor ich die Wagentür öffne, erscheint eine weitere Person im Vorgarten.

»Was ist mit ihr?«, will der Typ wissen. Dass er mich zur Seite drängt, vor meinen Augen Valentine abschnallt und sie allein auf Händen ins Haus trägt, passt mir gar nicht.

»Wer ist dieser Hansel?«, will ich von Marek wissen.

»Nenne ihn nicht Hansel. Ihn schickt der Himmel.«

Mit dieser lapidaren Antwort kann ich nichts anfangen und bitte ihn, konkreter zu werden.

»Er ist gelernter Tischler und könnte die Lösung für mein Problem sein. Komm rein. Wir müssen reden, denn es gibt noch einen klitzekleinen Haken.«

Als wir das Wohnzimmer erreichen, bettet Inga ihre Schwester auf die lange Couch. Mika, der inzwischen seinen Kitabesuch beendet hat, steht neben ihr und mustert seine Tante stirnrunzelnd.

»Was hat sie denn?«, forscht der Knirps.

»Nichts weiter, Spatz. Nur ein bisschen Kopfschmerzen«, beruhigt Inga ihren Sohn und greift sich ein Kopfkissen. Bei dem Versuch, es Valentine unter den Kopf zu schieben, schlägt diese für einen kurzen Moment die Augen auf. »Tomila, tomila«, wispert sie und wirft sich röchelnd auf die Seite.

Inga sieht mich anklagend an. »Was hat sie gesagt?«

»Hat sich angehört wie ›Tut mir leid‹«, übersetze ich das Gebrabbel. Ich berichte ihr, dass es ihrer Schwester entsetzlich leidtut, sie mit Worten verletzt zu haben, und sie die feste Absicht hatte, sich bei ihr zu entschuldigen. »Nur leider hat sie vorher etwas zu tief ins Glas geguckt. Ich hätte wohl mehr auf sie achtgeben müssen. Sorry.«

»Na, für ihren Absturz gibt es wohl einen anderen Schuldigen«, mischt sich der Himmelsbote ein. Er ballt die Faust. »Ich bin dafür, diesem Mistkerl einen Besuch abzustatten und Klartext mit ihm zu reden. Erst poliere ich ihm die Visage, dann schnappe ich die Kinder und bringe sie zu ihrer Mutter zurück. Wer ist dabei?«

Marek klopft ihm freundschaftlich auf die Schulter. »Nein, Friedrich. Das habe ich Moritz vorhin schon ausgeredet. Wir müssen an Muriel und Joshi denken. Noch so eine Aktion können wir ihnen unmöglich zumuten.«

Das ist also Friedrich. Ich meine, dass Valentine seinen Namen schon einmal beiläufig erwähnt hat. Aber in welchem Zusammenhang fällt mir gerade nicht ein.

»Muss das unbedingt vor Mika diskutiert werden?«, blafft Inga in die Runde, schnappt sich den Kleinen und verlässt das Wohnzimmer.

»Sie hat recht. Besser, wir tagen nebenan weiter«, schlägt Marek vor. »Dann kann Valentine ungestört ihren Rausch ausschlafen.«

Wir folgen ihm in die Küche. Auf dem Tisch liegen die Pläne vom Barber Shop.

»Friedrich würde die Einbauarbeiten übernehmen. Allerdings ist er nicht bereit zu pendeln.«

»Das ist so nicht richtig«, widerspricht er meinem Freund. »Natürlich wäre ich dazu bereit, aber wenn es so eilig ist, wie du behauptest, bleibt keine Zeit für die tägliche Fahrt zwischen Rostock und der Baustelle. Du weißt, dass ich kein Team habe, sondern allein arbeite. Da zählt jede Stunde.«

Marek öffnet den Kühlschrank und nimmt drei Pils heraus. Er verteilt die Flaschen. Als er mir die Buddel reicht, schaut er mich direkt an. »Und jetzt kommst du ins Spiel. Würdest du Friedrich vorübergehend ein Zimmer in deiner Nobelherberge überlassen?«

Ich krause die Stirn. Seine Bitte löst keine Euphorie bei mir aus. Ich kenne den Knaben doch gar nicht. Wieso kann er sich kein Hotelzimmer suchen?

»Ich habe mit Claudius gesprochen. Für den Fall, dass du zustimmst, wäre er bereit, dir die Miete für einen Monat zu erlassen.«

»Das ist doch keine Frage des Geldes«, kontere ich selbstbewusst.

»Wie auch immer. Du würdest mir persönlich sehr aus der Patsche helfen. Dir ist doch bekannt, dass ich als Projektleiter für die rechtzeitige Fertigstellung verantwortlich bin.«

Mit dem letzten Argument hat er mich. Selbstverständlich werde ich Marek nicht im Regen stehen lassen. »Meinetwegen«, stimme ich mürrisch zu und wende mich an meinen neuen Mitbewohner. »Ich bin Moritz.«

Wir reichen uns die Hand. »Freut mich. Ich bin Friedrich. Und keine Sorge, ich werde keine Umstände machen. Ich brauche nur ein Bett zum Schlafen und eine Dusche.«

»Super.« Erfreut stößt Marek mit uns an. »Dann treffen wir drei uns morgen früh um acht auf der Baustelle.«

»Abgemacht«, stimmt Friedrich zu. »Ich fahre am besten gleich in meine Werkstatt und packe das nötige Equipment zusammen«. Er verabschiedet sich gerade, als Inga in die Küche tritt.

»Du haust ab? Und was ist mit dem Boot?«

»Sorry, aber dafür bleibt heute keine Zeit.«

Friedrich ist weg und Inga schnaubt vor Wut. »Na, bravo. Jetzt verschandelt dieses Monstrum nicht nur unseren Garten, nun versperrt Friedrichs Anhänger auch noch unsere Einfahrt. Was für ein Schwachsinn! Dein neureicher Freund hat eine absolute Meise! Wenn Claudius nicht weiß, wohin mit seiner Asche, hätte er dir lieber einen Firmenwagen spendieren sollen, statt Mika ein Ruderboot zu schenken.«

Marek zieht den Kopf ein. Genau wie ich es früher getan habe, wenn meine Frau einen ihrer berüchtigten Anfälle bekommen hat. Wie froh ich bin, Single zu sein, wird mir gerade wieder bewusst.

»Ich mache jetzt auch einen Schuh«, erkläre ich angesichts der drohenden explosiven Stimmung.

»Das könnte dir so passen! Du bleibst!«, giftet Inga nun mich an. »Erst füllst du meine Schwester ab und jetzt willst du dich vom Acker machen. Aber nicht mit mir, mein Lieber! Ich werde keine Nachtwache schieben. Das übernimmst du! In spätestens einer Stunde beginnen ihre Kotzattacken.« Sie öffnet eine Schranktür und reicht mir einen Plastikeimer und eine Rolle Küchenkrepp. »Viel Spaß!«, wünscht sie und greift nach Mareks Arm. »Komm, Schatz. Ich hab genug von diesem Tag. Lass uns nach oben gehen und noch etwas Zeit mit Mika verbringen, bevor es Schlafenszeit ist.«

Meine Güte. Die Frau hat ja Haare auf den Zähnen. Es ist kaum zu glauben, dass sie und die entzückende Valentine Schwestern sind.

Ungläubig schaue ich den beiden nach, wie sie Hand in Hand den Raum verlassen.

Die kommenden Stunden verbringe ich unbequem auf der kurzen Seite des Ecksofas und höre Valentine beim Schnarchen zu. Meine erste Nacht mit ihr habe ich mir anders ausgemalt. Aber immerhin spuckt sie nicht, wie Inga mir prophezeit hat.

Wieder liquide

Valentine

Ich bin der festen Meinung, dass es sich bei den Mauken, die mich wiederholt anstupsen, um die Füße meiner Kinder handelt. Doch plötzlich fällt mir ein, dass das gar nicht sein kann. Vorsichtig öffne ich einen Spaltbreit meine Augen. Wie bin ich in Ingas Wohnzimmer gekommen? Und wer liegt vor mir auf dem Sofa?

Als ich erkenne, dass es sich bei dem Couchnachbarn um Moritz handelt, springe ich abrupt auf. Schon im nächsten Moment stolpere ich über einen Plastikeimer, der nun geräuschvoll über den blanken Parkettboden rollt.

Mit meiner Ungeschicklichkeit habe ich ihn geweckt. »Alles klar?«, murmelt er verschlafen.

»Nichts ist klar! Was ist hier los? Wieso bist du hier?«

»Du erinnerst dich nicht? Das nennt man wohl einen Totalabsturz.«

Ich schaue erst ihn an, dann blicke ich an mir hinunter. Bis auf die Schuhe sind wir komplett angekleidet. Erste Erleichterung macht sich breit.

»Wie spät ist es?«, will ich von ihm wissen.

»Gleich sechs«, antwortet er und reckt sich. »Hast du Kopfschmerzen?«

Ich glaube nicht. »Sollte ich denn?«

Was ist denn so komisch, dass er plötzlich lachen muss? »Wenn mit dir alles in Ordnung ist, kann ich ja 'nen Abflug machen.«

Ich verstehe noch immer nicht. »Wieso sollte mit mir nicht alles in Ordnung sein?«

Moritz hebt den Eimer auf und hält ihn demonstrativ vor meine Nase. »Du warst sturzbetrunken. Als ich dich hergebracht habe, hat Inga darauf bestanden, dass ich ein Auge auf dich halte.«

Peinlich berührt greife ich mir an die Stirn. »Hat sie mich etwa in diesem Zustand gesehen?«

Moritz nickt und ich möchte im Erdboden versinken.

Ich flitze ins Bad und werfe einen Blick in den Spiegel. »Oh mein Gott!«

Mit der Bürste meiner Schwester bändige ich mein Haar, binde es mittels Gummiband zu einem kurzen Pferdeschwanz und wasche mein Gesicht mit kaltem Wasser. Liebend gern würde ich mir die Zähne putzen, aber all meine Sachen, die für die Mundhygiene nötig sind, befinden sich in meinem Koffer. Und der ist wo?

Exakt diese Frage stelle ich Moritz, der in der Küche die Schranke durchforstet. »Den hat Marek gestern Abend bereits wieder in dein Zimmer gebracht.«

Unschlüssig sehe ich ihn an. »Kann ich dir helfen? Was suchst du denn?«

»Kaffee.«

»Lass mich das machen«, biete ich an, als Schritte auf der Treppe zu hören sind. Meine Schwester ist im Anmarsch.

Wortlos betritt sie die Küche. Ich bin es, die ihr einen guten Morgen wünscht.

»Kopfschmerztabletten findest du in der kleinen Schublade«, brummt sie und reicht mir eine Filtertüte.

»Brauche ich nicht«, erwidere ich beschämt.

Moritz spürt die angespannte Spannung und fragt, ob er kurz ins Bad dürfe.

»Wenn Marek noch nicht duscht, sollte es frei sein«, meint Inga und unterzieht mich einer eingehenden Prüfung. »Unfassbar, wie fit du bist. Ich wäre sterbenskrank, wenn ich eine halbe Flasche Wodka getrunken hätte.«

»So viel war es gar nicht«, verteidige ich mich kleinlaut.

Inga öffnet den Geschirrschrank. Gleich nachdem sie vier Tassen auf die Arbeitsplatte gestellt hat, breitet sie ihre Arme aus und stürmt auf mich zu. »Ich bin heilfroh, dass du es dir anders überlegt hast.«

Ich drücke sie ganz fest. »Und mir tut es leid, was ich dir an den Kopf geworfen habe. Ich weiß doch, wie wichtig dir Mika ist.«

»Schwamm drüber. Hauptsache, du bist wieder zur Vernunft gekommen.«

Wenn sie wüsste.

Der Kaffee ist fertig. Inga und ich trinken ihn im Stehen vor der Terrassentür, als Marek und Mika zu uns stoßen.

»Geht es dir wieder besser?«, fragt mein Neffe. Ich nicke und nehme ihn auf den Arm. »Kommen Joshi und Muriel heute wieder?«

Auf diese Frage habe ich keine Antwort. Gut, dass Marek mir zur Seite springt. »Vielleicht noch nicht heute, aber bald. Übrigens, heute darfst du dir aussuchen, wer dich in die Kita bringen soll. Moritz und ich oder Mama?«

»Ich bekomme heute den Wagen?« Meine Schwester ist vor Freude ganz aus dem Häuschen.

Marek erklärt, dass er das Auto heute entbehren kann, weil er gemeinsam mit Moritz zur Baustelle fahren wird. »Und später schaffe ich das Boot weg.«

Meine Schwester ist glücklich. »Du bist der Beste, Schatz«, raunt sie Marek zu. Die beiden schmusen.

Ich ziehe es vor, sie allein zu lassen, und flüstere meinem Neffen leise zu: »Komm, Mika, ich helfe dir beim Anziehen.«

Der Kleine wird wenig später von den Männern in die Kita gefahren. Ich nutze den kurzen Moment, bevor auch Inga das Haus verlässt, und frage sie, wann sie den Kleiderkauf nachholen will.

»Noch heute. Die Ladenbesitzerin ist so lieb und schiebt mich später zwischen zwei Termine.«

»Um wie viel Uhr?«, will ich wissen, denn mir schießt gerade eine Idee durch den Kopf.

»Warum fragst du? Magst du wieder mitkommen?«

Ich schüttle den Kopf. »Nein, aber du könntest mich auf dem Weg zur Arbeit zu Hause absetzen.« Bevor Inga noch auf falsche Gedanken kommt, spreche ich schnell weiter. »Ich hole mir das, was mir zusteht. Sobald Arne das Haus verlässt, werde ich alles zusammenpacken, was von Wert ist.«

»Valentine!«, kreischt meine Schwester. »Das ist eine tolle Idee. Ich werde dir helfen.« Sie greift nach ihrem Handy und will eine Kollegin anrufen. »Ich nehme mir heute Vormittag frei«, lässt sie mich wissen.

»Kannst du das denn so einfach machen?«

Meine Schwester grinst. »Sei unbesorgt. Ich kann.«

Kurz darauf höre ich sie sagen: »Hier ist Inga. Ich komme heute später ins Büro. Bitte, sei so gut und schalte eine Rufumleitung von meinem auf deinen Apparat. In dringenden Fällen bin ich mobil erreichbar. Vielen Dank.« Sie legt auf und streckt ihren Mittelfinger in die Höhe.

»Wem galt diese Geste?«, will ich wissen.

»Svenja, dieser falschen Schlange. Seit ich ihre Vorgesetzte bin, ist sie wie ausgewechselt. Sie kriecht mir regelrecht hinten rein, weil sie hofft, dass ich sie zu unserer Hochzeit einlade. Aber das kann sie sich abschminken.«

Ich bin heilfroh, dass Inga mir nicht mehr böse ist. Gerade will ich ihr vom Telefonat mit Arne berichten, als mein Handy piept. Muriel hat mir von ihrem neuen iPhone eine SMS geschickt.

Kannst du mir meinen Ranzen in die Schule bringen?

Ich schaue auf die Uhr und weiß, dass in weniger als einer halben Stunde ihr Unterricht beginnt. Ich würde es rechtzeitig mit dem Fahrrad schaffen, aber Inga ist bereit, mich zu fahren. Auf die Schnelle schmiere ich noch zwei Pausenbrote und lege einen Apfel und eine Banane in die Frühstücksboxen meiner Kinder. Dann setzen wir uns in Bewegung.

Mein Herz rast wie nach einem Marathonlauf, als ich Muriel vor dem Eingang entdecke. Mit der festen Absicht, ihr jetzt keine Fragen zu stellen, um sie nicht noch mehr zu verunsichern, reiche ich ihr den Tornister. Vergeblich warte ich auf ein Küsschen.

»Danke«, erwidert sie knapp und weicht meinem Blick aus.

»Ich habe dir und Joshi etwas zum Essen eingepackt. Gibst du es ihm in der großen Pause?«

»Nicht nötig. Papa hat mir Geld gegeben. Wir dürfen uns etwas im Speisesaal kaufen.«

Ich will meine Arme um sie schlingen, aber sie weicht einen Schritt zurück. »Ich muss jetzt rein, sonst gibt es Ärger.«

»Ich hab dich lieb«, rufe ich ihr hinterher, doch sie verschwindet im Gebäude, ohne sich noch einmal umzudrehen.

Tief traurig kehre ich zu Ingas Wagen zurück. Doch statt zu weinen, schnauze ich wütend los. »Dieser Mistkerl. Das wird er mir büßen. Muriel konnte mir noch nicht einmal in die Augen sehen, so sehr hat er sie manipuliert.«

»Vielleicht solltest du Irenes Rat befolgen und doch einen Mediator einschalten«, schlägt Inga vor, während sie den Wagen startet.

Schnaubend verschränke ich die Arme. »Ich brauche keinen Vermittler. Mein Anwalt wird ihm Beine machen. Sobald die Kanzlei öffnet, rufe ich ihn an.«

Eine Viertelstunde später erreichen wir das Stadthaus, in dem ich die letzten Jahre gespurt habe. Obwohl Arnes Limousine nicht zu sehen ist und ich fest davon ausgehe, dass er bereits in seinem Büro hinter dem Schreibtisch hockt und seine Angestellten zur Minna macht, schließe ich mit einem mulmigen Gefühl im Bauch die Tür auf.

Mein erster Weg führt mich ins Schlafzimmer, wo ich meine Schmuckschatulle aufbewahre. Ich drücke sie meiner Schwester in die Hand und marschiere weiter ins Arbeitszimmer. Dort steht der Sekretär, in dem unsere wichtigen Papiere aufgehoben werden.

Zuerst schnappe ich mir den Ordner mit den Policen und Reisepässen. Dann reiße ich die Schublade auf und stoße einen Jubelschrei aus. »Meine Wagenschlüssel. Hurra!«

»Kann ich auch was tun?«, fragt meine Schwester.

Und ob sie das kann. »Räume doch schon mal meinen Kleiderschrank aus. Ich versuche derweil, den Tresor zu öffnen.« Ich nehme das gerahmte Bild ab, hinter dem sich der Safe befindet, in dem Arne stets eine ansehnliche Summe Bargeld deponiert. Aber ihn zu öffnen ist leichter gesagt als getan, denn die mir bekannte Zahlenkombination funktioniert nicht mehr.

Minuten später ist Inga fertig. »Und nun?«

Ich werfe ihr meinen Autoschlüssel zu und bitte sie, in die Garage zu gehen und alle Sachen in den Kofferraum zu legen.

Noch immer tippe ich auf der Tastatur herum. Ich probiere es mit den Geburtsdaten der Kinder. Fehlanzeige. Dann versuche ich es mit dem Code für den Sat-Receiver, den wir stets eingeben müssen, wenn im Fernsehen eine Sendung mit Jugendschutz läuft. Wieder nichts. Auch meine anderen Versuche bringen kein Ergebnis.

»In der Garage steht kein Wagen«, ruft Inga zu mir rauf.

Ich fluche. Nicht leise vor mich hin, wie ich es bisher getan habe. Dieses Mal brülle ich aus voller Brust: »Verdammte Scheiße, das gibt es doch nicht!«

»Kriegst du das Ding nicht auf?«

»Er hat die Kombination geändert. Ich habe schon alles ausprobiert, aber die blöde Tür öffnet sich nicht.«

Inga will mir helfen. »Hast du es mal mit *seinem* Geburtstag versucht?«

Nein, das habe ich noch nicht. Ich starte einen erneuten Versuch, gebe hektisch die Zahlen ein und siehe da, es piept und die Stahltür springt auf.

Ich stoße einen erleichterten Jubelschrei aus, bevor ich meine Schwester angrinse. »Darauf, dass dieser Egomane seinen eigenen Geburtstag gewählt hat, hätte ich auch gleich kommen können.«

Meine Ernüchterung folgt sogleich. Im Safe befinden sich lediglich zweihundert Euro. Ich nehme die beiden grünen Scheine heraus und stecke sie in meine Hosentasche. Die beiden Fahrzeugbriefe stecke ich auch ein. Zwar habe ich damit immer noch keinen fahrbaren Untersatz, dennoch erfüllt es mich mit Genugtuung, sie jetzt in meinem Besitz zu wissen.

»Nichts wie raus hier«, rufe ich Inga zu und laufe ihr entgegen, um ihr mit meinen Sachen zu helfen.

Anders als auf der Hinfahrt setze ich mich ans Steuer. Zuerst bringe ich meine Schwester in die Firma, danach mache ich mich auf den Weg zu einem Pfandhaus. Ich werde meinen Schmuck versetzen. Irgendwie muss ich an Bargeld kommen.

In meiner Vorstellung sitze ich einem kahlköpfigen Mann gegenüber, der mit einer Lupe die Echtheit meiner Stücke prüft. Doch weit gefehlt.

Hinter Panzerglas steht eine junge Frau, der ich mein Geschmeide durch eine Schublade reichen muss, so, wie ich es vom Bezahlen an Tankstellen kenne, wenn die Türen spätabends bereits geschlossen sind.

Ohne Lupe, sondern mit einer Waage bestimmt sie den Wert meiner Ringe, Ketten und Armbänder. Als ich erfahre, dass sie bei der Bewertung nur den tagesaktuellen Goldpreis zugrunde legt, klappt mir enttäuscht das Visier runter. Ich habe mit weitaus mehr Geld gerechnet.

»Wir kaufen Ihren Schmuck nicht, sondern gewähren Ihnen einen Pfandkredit«, belehrt sie mich. Ich überlege einen kurzen Moment, dann gebe ich mein Okay und reiche ihr meinen Personalausweis.

»Sie haben drei Monate Zeit, die Wertsachen wieder einzulösen«, erklärt sie mechanisch. »Nach Ablauf der Frist bleibt das Pfand noch zusätzlich einen Monat in unserer Verwahrung. So gesehen, haben Sie vier Monate Zeit. Danach besteht die Möglichkeit, noch einmal zu verlängern.«

Ich erhalte einen Pfandschein und einige Scheine, die nicht nur ausreichen, um die nächsten Wochen über die Runden zu kommen, sondern es mir auch ermöglichen, Inga und Marek ein Hochzeitsgeschenk zu machen, über das sie sich sehr freuen werden.

Wie gut es sich anfühlt, endlich wieder flüssig zu sein. Es stimmt, Geld macht nicht glücklich, aber welches zu haben, beruhigt ungemein.

NEUKUNDEN

MORITZ

»Na bravo!«, knurre ich, als ich bemerke, dass Friedrichs Pick-up auf meinem Stellplatz steht. »Er bekommt einen Schlafplatz von mir. Meinetwegen darf er auch das Bad benutzen. Aber seine Karre parkt er künftig woanders.«

»Meine Güte, was hast du für eine Laune!«, mokiert Marek sich. »Bist du morgens immer so angekratzt?«

»Nur wenn ich die Nacht in Embryohaltung auf einem durchgelegenen Sofa verbracht habe.«

»Meine Nacht war wunderbar. Um nicht zu sagen *gigantisch*«, schwärmt er und macht mich richtig neidisch. Er konnte seine Inga anfassen, während ich bei Valentine nur gucken durfte.

»Erspar mir die Details und steig aus. Ich werde noch einmal um den Block kurven und einen Parkplatz suchen.«

Nachdem ich eine Lücke gefunden habe, betrete ich den Laden. Mit den Plänen in der Hand führt Marek Friedrich herum und weist ihn ein.

Da ich anscheinend nicht gebraucht werde, verziehe ich mich nach oben. Ich will duschen und mich umziehen. Heute

58

stehen wichtige Termine mit potenziellen Neukunden an, bei denen ich einen guten Eindruck hinterlassen will.

Die Frage, ob ich ein weißes oder ein blaues Hemd wählen soll, stellt sich nicht. Ich muss zu dem blauen greifen, denn alle anderen sind schmutzig. Noch bevor ich das Penthouse in Richtung Büro verlasse, stecke ich eine Ladung Buntwäsche in die Maschine.

Im Treppenhaus fällt mir ein, dass Friedrich einen eigenen Schlüssel braucht. Ich klingle bei Sandmanns und bitte Lore um den Ersatzschlüssel.

»Ich muss erst mal nachsehen, wo ich den hingelegt habe«, grummelt sie und bittet mich einzutreten. Während sie hektisch ihre Schubladen durchforstet, warte ich bei Hubert in der Küche.

»Sie wird immer vergesslicher«, flüstert er mir hinter vorgehaltener Hand zu.

»Aber *sie* hat noch immer Ohren wie ein Luchs«, meldet sich Lore aus dem Hintergrund. »Statt dich über mich lustig zu machen, solltest du mir lieber beim Suchen helfen.«

Ungeduldig trete ich von einem Fuß auf den anderen. »Ich hab es wirklich eilig, Lore, und kann nicht länger warten. Wenn du ihn gefunden hast, gib ihn doch bitte unten im Laden ab.«

Nachdem das geklärt ist, verlasse ich ihre Wohnung und erreiche mein Büro gerade noch rechtzeitig.

Der Termin mit dem jungen Paar zieht sich wie Kaugummi. Alles, was ihm gefällt, wird von ihr kategorisch abgelehnt. Und andersherum genauso. Die Vorstellungen der beiden klaffen so weit auseinander, dass ich ihnen eigentlich davon abraten müsste, sich ein gemeinsames Haus zu kaufen. Aber das mache ich natürlich nicht. Schließlich verdiene ich mit dieser Arbeit meine Brötchen.

Apropos Brötchen. Mein Magen knurrt und ich habe unvorstellbaren Hunger. Wie ich befürchtet habe, kann ich mir das Mittagessen mit Marek abschminken.

Als die beiden Traumtänzer mit einer faulen Kompromisslösung aufbrechen, steht bereits der nächste Kunde vor der Tür. Ich schaffe es nicht mal, mir etwas vom Bäcker um die Ecke zu holen.

Erst gegen 15 Uhr bin ich mit all meinen Terminen für den Tag durch und rufe meinen Kumpel an. Ich sage nur »Kohldampf« und ernte lautes Lachen.

»Ich bringe dir einen Döner mit, wenn ich dich gleich abhole.«

Er will *mich* abholen? Wie soll das denn funktionieren? Er hat doch gar keinen Wagen.

Hat er doch. »Ich komme mit Friedrichs Pick-up zu dir. Damit fahren wir zu mir nach Hause und holen das Boot mit seinem Hänger ab.«

»Ach, tun wir das?«

»Bitte, hilf mir! Ich habe es Inga fest versprochen.«

»Und wo willst du dieses riesige Ungetüm abstellen?«

Marek erstaunt mich. Während meine Kunden mich heute an den Rand der Verzweiflung getrieben haben, hat er keine drei Kilometer von hier entfernt einen günstigen Liegeplatz organisiert.

»Später grillen wir am Strand. Valentine kommt auch mit.«

Na, wenn das so ist.

KINDERFREI

VALENTINE

Nun, da ich endlich wieder flüssig bin, mache ich mich auf die Suche nach einem stilvollen Hochzeitsgeschenk für Marek und meine Schwester. Ich verbringe fast den ganzen Tag damit, nach etwas Passendem zu suchen. Leider werde ich nicht fündig. Als ich frustriert den Heimweg antreten will, erhalte ich eine Kurzmitteilung von Inga.

Wir grillen später am Elbstrand. Holst du mich ab?

»Geht es vielleicht etwas genauer? Wann grillen wir denn? Und wann soll ich dich abholen?«, murmle ich vor mich hin. Rückfragen sind zwecklos, denn meine Schwester hat ihr Handy ausgeschaltet.

Da ich mich ohnehin gerade in einem Kaufhaus befinde, nehme ich die Rolltreppe und begebe mich ins Basement in die Lebensmittelabteilung.

Grillen am Strand klingt toll. Das würde den Kindern sicher auch gefallen.

Meine Kehle zieht sich zu, aber ich schiebe die aufwallende Traurigkeit entschlossen beiseite. Ich muss jetzt stark sein und darf mich nicht mehr hängen lassen.

Mit der festen Absicht, heute Abend für das kulinarische Wohl zu sorgen und mich auf diese Weise für die mir entgegengebrachte Unterstützung erkenntlich zu zeigen, kaufe ich alles ein, was für ein Barbecue im Freien nötig ist.

Voll bepackt erreiche ich das Parkhaus, als ich einen Anruf von Marek erhalte.

Er verkündet die Neuigkeit, die keine mehr ist.

»Ich weiß schon Bescheid und habe bereits alles eingekauft.«

»Auch Kohle und Bier?«

Für wie dumm hält er mich? »Selbstverständlich. Ich habe an alles gedacht.«

Lang und breit erklärt er mir den Weg zum Anleger, den ich bereits aus der Ferne kenne. Moritz hat ihn mir gezeigt, als wir auf seiner Dachterrasse standen.

»Bis gleich«, rufe ich in das Stimmengewirr und bin mir ziemlich sicher, Moritz erkannt zu haben, der mit Mika spricht. Mein Neffe protestiert. Offensichtlich darf er nicht mit und soll bei Irene bleiben.

»Heute Abend haben Mama und ich mal kinderfrei«, erklärt Marek dem Kleinen.

Kinderfrei? Wie lange werde ich wohl noch unfreiwillig kinderfrei haben?

Auf dem Weg zu Ingas Firma gehen mir Muriel und Joshi nicht aus dem Kopf. Ich sehne mich so sehr nach ihnen, dass es schmerzt.

Bevor ich den Fahrstuhl betrete, reiße ich mich zusammen. Ingas Kollegen, die ich alle nur vom Hörensagen kenne, sollen nicht merken, dass ich mal wieder den Tränen nahe bin.

Schon auf den ersten Metern werde ich aufgehalten.

»Zu wem wollen Sie?«, fragt mich eine üppig ausgestattete Frau. Noch bevor ich mich Fräulein Busenwunder vorstellen kann, fährt sie fort. »Sie sind Ingas Schwester, stimmt's? Sie ist noch nicht wieder von ihrem Termin zurück. Aber Sie dürfen gern hier auf sie warten.«

Ich bedanke mich und frage sie nach ihrem Namen.

»Ich bin Svenja.«

Aha! Sie ist also die falsche Schlange, die es auf den Chefposten abgesehen und Inga wochenlang gemobbt hat. Ich gehe augenblicklich auf Distanz.

»Kaffee?«, bietet sie mir übertrieben freundlich an.

Ich lehne ab und frage stattdessen, ob sie wisse, wann Inga zurückkommt.

»Sie ist im Brautsalon. Ich habe keine Ahnung, wie lange eine Anprobe dauert.« Statt an ihren Arbeitsplatz zurückzukehren, will sie wissen, wie weit ich mit den Hochzeitsvorbereitungen bin. »Ich weiß, dass Sie und Moritz dafür verantwortlich sind.«

Nanu? Angeblich hält Inga sich doch mit privaten Themen in der Firma zurück. Woher weiß die Schlange, dass Moritz und ich uns um die Feierlichkeiten kümmern? Und woher kennt sie Moritz?

»Es wird ganz wunderbar«, erkläre ich knapp und hoffe, dass sie sich mit dieser Auskunft zufriedengibt.

Sie kichert. »Hätten Sie gedacht, dass Marek nach all der Zeit doch noch den Mumm aufbringt und um ihre Hand anhält?«

Ich finde ihre Frage recht indiskret. »Die beiden gehören einfach zusammen. Egal ob mit oder ohne Trauschein.«

Svenjas Lächeln fällt unter meinem kühlen Ton in sich zusammen. Ich schweige, aber sie verharrt trotzdem an Ort und Stelle. Zum Glück schlägt Inga in diesem Moment auf.

»Und?«, frage ich. »Bist du fündig geworden?«

Meine Schwester strahlt. »Das Kleid passt wie angegossen und muss noch nicht einmal gekürzt werden. Hast du meine SMS bekommen?«

Ich bejahe und erkläre, dass ich mich bereits um alles gekümmert habe.

»Das wird Moritz freuen. Sein Magen hängt wohl schon in den Kniekehlen.«

»Der Arme«, erwidere ich schmunzelnd, als mir auffällt, dass Svenja uns argwöhnisch betrachtet.

Demonstrativ schaut sie auf ihre Uhr. »Du machst schon Feierabend, Inga? Du bist später gekommen, hast drei Stunden Pause gemacht und gehst bereits wieder?«

Meine Schwester bäumt sich auf. »Ruf doch den Oberboss an! Petze und mach dich mal wieder lächerlich! Er wird dir bestätigen, dass ich, wie mit ihm abgesprochen, Überstunden abbummele.«

Dann hakt sie mich unter und verlässt mit mir durch das Treppenhaus das Firmengebäude.

»Du hattest ganz recht. Svenja ist wirklich eine unsympathische Person. Und impertinent ist sie obendrein.«

Inga lacht schadenfroh. »Die blöde Kuh ärgert sich noch ein zweites Loch in den Arsch, weil sie auf ganzer Linie gescheitert ist.«

Ich bin über ihre Ausdrucksweise entsetzt. »Inga! Wo bleibt dein Benehmen?«

»Wenn es um Svenja geht, zahle ich gern in den Schlimme-Worte-Spartopf.«

Ich kann es mir nicht verkneifen, ihr zu sagen, dass dieses besondere Sparguthaben gewiss schon für eine Hochzeitsreise ausreichen würde.

»Hochzeitsreise? Nee, Valentine. Die werden Marek und ich uns wohl abschminken können. Allerdings ...«, beginnt sie zögerlich und spricht ihren Satz doch nicht aus.

»Was?«, hake ich nach.

»Es wäre toll, wenn Friedrich uns für ein Wochenende sein Bootshaus überlassen würde. Könntest du mal vorsichtig für mich vorfühlen?«

Ich nicke. »Ja, sicher. Ich rufe ihn gleich an.«

»Quatsch! Das kannst du ihn nachher persönlich fragen.«

Ich stehe auf dem Schlauch. »Persönlich? Nachher?«

»Er wird bestimmt auch zum Grillfest kommen.«

»Er ist immer noch in Hamburg?«

Meine Schwester bleibt stehen und starrt mich ungläubig an. Sie spricht so langsam und deutlich mit mir, als wäre Deutsch nicht meine Muttersprache. »Ja, Friedrich ist in Hamburg und er bleibt, weil er für Marek den Innenausbau im Barber Shop übernimmt.«

»Wann haben sie das denn abgemacht?«

Inga grinst mich breit an. »Als er dich Schnapsdrossel gestern Abend ins Haus getragen hat.«

»Das hat er nicht!«, rufe ich entsetzt aus. »Sag mir, dass du mich nur hochnehmen willst.«

Inga sagt gar nichts mehr, sondern marschiert kichernd auf den Wagen zu.

Erst als sie einen Blick in den Kofferraum wirft, platzt es aus ihr heraus. »Was ist das denn alles? Du hast doch wohl nicht die ganzen zweihundert Euro aus dem Safe auf den Kopf gehauen?«

Nun bin ich es, die breit grinst.

Charmeoffensive

Moritz

Die Aussicht, den Abend mit Valentine zu verbringen, beflügelt mich. Ich verzichte sogar auf den Döner, den Marek mir mitgebracht hat. Er riecht schon durch die Verpackung so stark nach Knoblauch, dass ich mich nicht traue, auch nur einmal abzubeißen. Obwohl mir das Wasser im Mund zusammenläuft, bringe ich ihn in die Küchenpantry. »Schließlich will ich nicht muffeln, wenn deine hübsche Schwägerin in spe neben mir im Sand sitzt.«

»Wir werden nicht im Sand hocken. Erinnere mich daran, dass ich nicht nur den Grill und Geschirr, sondern auch eine Wolldecke einpacke, wenn wir bei mir zu Hause sind«, bittet Marek mich.

»Nur eine?« Besser, ich nehme meine eigene mit. Ich öffne den großen Büroschrank, in dem ich Laken, Kissen und ein Plaid für die Fälle aufbewahre, wenn es mal wieder spät wird und ich zu müde bin, um noch nach Hause zu fahren.

Marek schaut mich skeptisch an. »Du hast doch wohl nicht vor, das versiffte Ding mitzunehmen, oder? Wie viele Frauen hast du darauf schon flachgelegt?«

Obwohl ich weiß, dass das eine rein rhetorische Frage war, antworte ich ihm. »Seit der letzten Reinigung vier.«

»Eben! Und nun komm in die Puschen. Ich will auf dem Rückweg nicht im Feierabendverkehr feststecken.«

Wir stecken nicht fest. Noch vor der Rushhour lenkt Marek den Pick-up samt Hänger routiniert ans Ziel.

Während ich den Grill aufbaue, lässt mein Kumpel das Boot zu Wasser.

»Na, Alter, Lust auf eine Kurzstrecke?«, fragt er und schaut mich auffordernd an.

»In diesen Klamotten? Never!«, versuche ich, mich herauszureden, doch Marek lässt meinen Einwand nicht gelten.

Vor meinen Augen zieht er sich Schuhe und Strümpfe aus, krempelt die Hosenbeine hoch und nervt weiter. »Sei kein Frosch! Nur kurz, bis die Frauen kommen.«

Obwohl ich völlig untrainiert bin und zu befürchten ist, dass ich mir sofort einen Muskelfaserriss zuziehe, will ich kein Hasenfuß sein.

Schon nach wenigen Schlägen gerät Marek ins Schwärmen. »Ist das geil oder ist das geil? Meine Güte, wie ich das vermisst habe, wird mir jetzt erst bewusst«, jucht der alte Schlagmann, während ich bereits Atemnot verspüre. »Hau rein! Das kannst du doch besser«, spornt er mich an und erhöht das Tempo.

Der Liegeplatz ist schon längst außer Sichtweite, als ich darauf bestehe, dass wir umkehren.

»Was bist du nur für ein Schlaffi geworden«, bemerkt Marek amüsiert und übersieht, dass ich den ganzen Tag noch nichts gegessen habe.

Völlig erledigt betrete ich wenig später wieder festen Boden, während mein Freund den Eindruck erweckt, als hätte er lediglich zehn Kniebeugen gemacht.

»Wieso bist du so gut in Form?«, keuche ich völlig erschöpft.

Er gibt die Frage zurück. »Wieso bist du so schlecht in Form?« Offensichtlich ist er an meiner Erklärung gar nicht interessiert, denn er zückt sein Handy und ruft Inga an. »Wo bleibt ihr denn?«, erkundigt er sich vorwurfsvoll, als just in dem Moment sein Kombi laut hupend vorfährt.

Valentine steigt zuerst aus und geht um den Wagen, um die Kofferraumklappe zu öffnen. »Würdet ihr Jungs bitte mit anpacken?«, ruft sie uns zu. »Heute seid ihr meine Gäste.«

Obwohl mir noch immer schwummerig vor Augen ist, stapfe ich durch den Sand.

Ihr bezauberndes Lächeln bringt meinen Kreislauf sofort wieder in Schwung. Ich will ihr den schweren Karton abnehmen, aber Marek kommt mir zuvor.

»Wenn du willst, kannst du das Baguette tragen. Aber nur, wenn es nicht zu schwer für dich ist«, veralbert er mich.

Ich signalisiere ihm, sich nicht noch einmal zu erlauben, mich vor Valentine zu diskreditieren. Doch mein Killerblick hält Marek nicht davon ab, mich weiter zu verspotten. »Mein alter Bugmann hat eine Kondition wie ein achtzigjähriger Kettenraucher. Schon nach dreihundert Metern hat er schlappgemacht.«

Valentine mustert mich. »Du bist ganz verschwitzt«, bemerkt sie mitleidig und reicht mir tatsächlich nur die Brotstange, während sie mit zwei Sixpacks unterm Arm an mir vorbei zur Feuerstelle marschiert.

Ich könnte Marek eine reinhauen. Missmutig folge ich dem Trupp zu unserem Grillplatz.

»Wer möchte ein Bier?«, fragt Valentine in die Runde.

Ich melde mich, öffne den Verschluss und führe die Pulle hastig zum Mund. Der Gerstensaft ist nicht nur ekelig warm, er ist obendrein noch alkoholfrei. Vor Valentines Augen betrachte ich irritiert das Etikett.

»Reine Vorsichtsmaßnahme. Schließlich will ich mich heute nicht wieder ausknocken. Gib die Flasche wieder her! Ich trinke sie. Du bekommst eine für richtige Männer.«

Marek und Inga übernehmen den Grillposten. Dass sie innerhalb kürzester Zeit von Rauchschwaden umhüllt sind, scheint sie nicht zu stören. Während sie ihm von ihrem absoluten Traumkleid berichtet, sitzt Valentine neben mir auf der Decke und schaut gedankenversunken in die Sonne. »Sagtest du nicht, dass Friedrich noch kommen würde?«, erkundigt sie sich bei Inga.

Nicht sie, sondern Marek erklärt, dass er ganz vergessen habe, ihn zu fragen, ob er auch Lust hätte.

»Schade«, seufzt Valentine. Was daran *schade* sein soll, ist mir nicht klar. Ich bin froh, dass er nicht dabei ist. Wer braucht schon ein fünftes Rad am Wagen?

Unauffällig betrachte ich sie. Plötzlich knurrt mein Magen. Das Grummeln ist so laut, als wäre ein Gewitter im Anmarsch.

Peinlich berührt stehe ich auf. »Ich werde die restlichen Getränke ins Wasser stellen. Mit etwas Glück kühlen sie dort ein wenig ab.«

»Super Idee«, lobt Valentine meinen Vorschlag. »Ich helfe dir.«

Weil ich noch immer barfuß bin, steige ich ins Nass.

»Was für ein schönes Plätzchen!«, schwärmt sie und fragt, ob wir nicht hier die freie Trauung stattfinden lassen wollen.

»Und wenn es regnet?«, gebe ich zu bedenken.

Sie bückt sich und bespritzt mich mit Elbwasser. »Dann werden wir halt nass«, kichert sie und macht sich schnellstens aus dem Staub.

»Na warte«, drohe ich belustigt und renne ihr hinterher. Ich schnappe sie, noch bevor wir die Decke erreichen. Ohne zu fackeln, hebe ich sie hoch und werfe sie über meine Schulter. Wie einen nassen Sack trage ich sie zurück zum Ufer.

Sie fleht mich an, sie nicht in den Fluss zu werfen. »Bitte, Moritz, ich verspreche dir auch …« Sie redet nicht weiter.

»Was versprichst du mir?«, will ich wissen, bevor ich sie vorsichtig wieder auf die Füße stelle.

Atemlos sieht sie zu mir auf. »Alles! Alles, was du willst.«

Jetzt ist der Moment gekommen, dem ich seit Wochen entgegengefiebert habe. Wir stehen uns so dicht gegenüber, dass sich unsere Nasen berühren. Ein unvorstellbarer Schauer durchfährt mich. *Dann küss mich*, will ich ausrufen. Doch dazu komme ich nicht. Marek, der ein einmaliges Talent besitzt, mir in die Parade zu fahren, verlangt nach uns.

»Essen! Kommt ihr?«

Steck dir die verkohlten Steaks sonst wohin, möchte ich meinen Kumpel am liebsten anschreien. Aber ich nehme ihm stumm den Teller ab.

»Schmeckt es dir?« Valentine müht sich mit einem furztrockenen Lammkotelett ab.

»Lecker«, lüge ich, denn ich will sie nicht enttäuschen. Es ist schließlich nicht zu übersehen, wie stolz sie darauf ist, uns dieses Barbecue spendiert zu haben.

»Ehrlich? Es schmeckt dir wirklich?«, flüstert sie mir leise zu. »Ich finde, es fehlt Salz. Und nicht nur das. Das Fleisch ist total zäh. Du solltest mal mein Lammgericht probieren. Ich brate das Fleisch nicht durch und würze es mit Oregano sowie Zitronenzesten.«

»Das würde ich liebend gern mal kosten. Morgen bei mir?«

Statt mir zu antworten, stellt sie den Teller ab und kramt in ihrer Hosentasche. »Mein Handy vibriert«, erklärt sie und starrt mit weit aufgerissenen Augen aufs Display. »Das ist Arne«, raunt sie Inga zu. »Soll ich rangehen?«

»Drück ihn weg!«, rät ihre Schwester. »Oder willst dir von diesem Brüllaffen den schönen Abend verderben lassen?«

»Und wenn was mit den Kindern ist?«

Inga wirft ihrer Schwester einen vielsagenden Blick zu. »Quatsch! Du weißt doch genau, was er von dir will.«

Ich würde auch gern wissen, was er will, und gucke Valentine fragend an. Sie scheint noch immer zu überlegen, ob sie den Anruf annehmen soll.

Es hat aufgehört zu vibrieren. Kurz darauf leuchtet das Display erneut auf.

»Er hat mir auf die Mailbox gesprochen.«

Mir entgeht nicht, wie angespannt sie plötzlich wirkt. Ihre Hände zittern so sehr, dass sie Inga bittet, seine Nachricht abzurufen. Die nimmt ihr das Smartphone ab und stellt auf Mithören.

»Du miese Kröte! Ich habe dir ausdrücklich untersagt, dich meinem Haus zu nähern. Ich gebe dir bis morgen Zeit, mir die Papiere zurückzugeben. Tust du es nicht, wirst du die Kinder erst wiedersehen, wenn sie volljährig sind!«

Valentine schluckt schwer. Ich befürchte, dass sie gleich wieder in Tränen ausbrechen wird. Aber sie erstaunt nicht nur mich mit ihrer Reaktion. »Du kannst mich mal, du Arsch!«, schreit sie wutentbrannt. »Andersherum wird ein Schuh draus. Die Papiere bekommst du *vielleicht* zurück, wenn die Kinder wieder bei mir sind und du mich ganz nett darum bittest!«

»Bravo!«, lobt Inga ihre Schwester. »Das ist die richtige Einstellung. Zeig ihm, was eine Harke ist!«

Marek erkundigt sich, von welchen Papieren die Rede ist.

Valentines anfängliche Unsicherheit ist geballtem Selbstbewusstsein gewichen. Stolz verkündet sie, dass sie sich die Fahrzeugbriefe gekrallt habe. »Wenn ich wollte, könnte ich eine der beiden Nobelkarossen verkaufen. Mit dem Erlös kämen die Kinder und ich eine Zeit lang gut über die Runden und ich hätte endlich wieder einen fahrbaren Untersatz.«

Inga schüttelt den Kopf. »Um das zu tun, müsstest du erst mal wissen, wo er deinen Wagen versteckt hat.«

»Ich kenne doch Arne. So einfallslos wie er ist, hat er ihn bestimmt in der Tiefgarage seiner Firma abgestellt.«

Marek meldet sich zu Wort. »Selbst dann dürftest du das nicht machen. Es ist nämlich ein weitverbreiteter Irrtum, dass man automatisch Eigentümer eines Fahrzeugs ist, bloß weil man den Brief besitzt. Letztendlich kommt es darauf an, wer den Kaufvertrag geschlossen hat. Und das hast du nicht, oder doch?«

Ernüchterung macht sich in Valentines Gesicht breit.

»Natürlich nicht. Trotzdem! Ich will meinen Wagen zurück. Schließlich muss ich mobil sein, wenn ich mich auf Job- und Wohnungssuche begebe.«

»Du brauchst keinen Wagen!«, mische ich mich ein. »Ich fahre dich, wohin du willst.«

Nach dieser unüberlegten Bemerkung verfällt Inga in lautes Lachen. »Meine Güte, Moritz. Du bist ja ein richtiger Charmeur.«

Wohl wahr. Das bin ich. Allerdings ist es verdammt schade, dass das lediglich die *falsche* Schwester erkennt.

Noch bevor ich meinen ganzen Charme ausspielen kann, räumt die *richtige* Schwester den Müll zusammen. Damit läutet sie das Ende der Veranstaltung ein.

Marek reicht mir den Schlüssel für den Pick-up. Valentine schwingt sich galant auf den Rücksitz seines Kombis. Schnell frage ich sie, ob es dabei bleibt, dass sie morgen Abend zum Kochen zu mir kommt. »So gegen sieben?«

Sie nickt verlegen. »Aber du musst mich nicht wieder abholen. Ich komme mit der Bahn.«

»Ist es denn gestattet, dass ich dich wenigstens vom Bahnhof abhole?«

»Das wäre ausgesprochen charmant«, haucht sie und schließt lächelnd die Tür.

Ich halte meine Hand ans Ohr, beuge mich hinunter und sehe sie durch das Seitenfenster an. »Telefonieren wir vorher?«

Sie nickt. »Ich melde mich, sobald ich in den Zug steige.«

Nur noch einundzwanzig Stunden, dann bist du endgültig fällig, du Zauberweib, denke ich und mache mich auch auf den Heimweg.

Im Laden brennt kein Licht mehr. Auch in meinen Privaträumen herrscht absolute Dunkelheit. Von meinem neuen Mitbewohner fehlt jede Spur. Offensichtlich schläft er schon. Ich lege seinen Wagenschlüssel auf den Küchentresen und schlurfe in den Technikraum, um meine verschwitzten Klamotten in die Schmutzwäsche zu packen.

Bis auf die Boxershorts habe ich alles ausgezogen, als ich die Waschmaschine öffne. Ich will die Hemden, die ich morgens gewaschen habe, herausnehmen und sie zum Trocknen auf Bügel hängen. Aber die Trommel ist leer.

Verwundert gehe ich ins Schlafzimmer. Vor meinem Bett steht das Bügelbrett. Ich reiße die Schranktür auf und staune. Sämtliche Oberhemden hängen akkurat gebügelt auf der Stange.

»Krass!«

Mit Friedrich habe ich mir wohl einen Oberpedanten ins Haus geholt. Dass er sich nicht um meine Wäsche zu kümmern braucht, werde ich unverzüglich klarstellen.

Ich schleiche den Flur entlang zu seinem Zimmer und öffne die Tür einen Spalt. Er liegt auf einer Luftmatratze und ratzt tief und fest. Ihn jetzt zu wecken, scheint mir nun doch übertrieben zu sein. Um ihm klarzumachen, wie es hier künftig läuft, ist morgen auch noch Zeit.

ADVOKAT

VALENTINE

Obwohl ich einen Termin habe, lässt mein Anwalt mich schmoren. Statt im Wartebereich durch abgegriffene Zeitschriften zu blättern, nehme ich meine handschriftlichen Notizen zur Hand, auf denen ich alle Punkte notiert habe, die ich mit ihm besprechen will.

Endlich werde ich bei Herrn Volkmann vorgelassen.

Statt einer Begrüßung rufe ich aufgebracht: »Er hat sich die Kinder geschnappt!« Ich pflanze mich auf den Stuhl vor seinem Schreibtisch, obwohl er mir noch gar keinen Platz angeboten hat, und fahre angespannt fort. »Gegen meinen Willen hat er Muriel ins Auto gezerrt und Joshi aus der Schule abgeholt, bevor ich eingreifen konnte.«

»Verstehe«, nickt er, obwohl ich mir sicher bin, dass dieser Schnösel keine Ahnung hat, was in mir vorgeht. »Ich werde Ihren Mann anschreiben und ihm einen Gütetermin vorschlagen.«

»Falsch! Papier ist geduldig und ich habe keine Geduld. Ich will meine Kinder zurück. Bitte rufen Sie ihn an. Jetzt sofort!«

Statt zum Hörer zu greifen, wie ich es von ihm verlangt habe, lehnt er sich in seinen breiten Ledersessel zurück und mustert mich herablassend. Mir kommen erste Zweifel, ob er der geeignete Rechtsbeistand ist, um mich gegen den gewieften Arne zu vertreten. Ich hätte mir besser eine Anwältin genommen. Am besten eine, die auch Mutter ist und nachfühlen kann, in welcher verzweifelten Lage ich mich befinde.

Gerade bin ich im Begriff, ihm das Mandat zu entziehen, als er sich doch dazu herablässt, meinem Wunsch zu entsprechen. Er bittet mich, ihm Arnes Rufnummer anzusagen. Noch bevor er wählt, fordert er mich auf, Ruhe zu bewahren.

»Ich rede. Sie schweigen!«, ermahnt er mich streng.

Mit jeder Sekunde nimmt meine Nervosität zu. Ich schaffe es gerade noch, ihn zu bitten, das Telefon auf Mithören zustellen, als Arne sich meldet.

»Guten Morgen, Herr Baumgarten. Mein Name ist Volkmann. Ihre Frau hat mich mit der Wahrnehmung ihrer Interessen beauftragt.«

»Das ist kein Grund, mich telefonisch in der Firma zu belästigen«, poltert Arne los. »Verfügt Ihre Kanzlei über keine Computer? Teilen Sie mir gefälligst schriftlich mit, was Ihre Mandantin will. Sollte es allerdings um die Kinder gehen, können Sie sich das Porto sparen. Die beiden bleiben bei mir!«

Mein Anwalt lässt sich nicht aus dem Konzept bringen. In beeindruckender Gelassenheit fährt er fort. »Herr Baumgarten, Sie sind doch ein kluger Mann und wollen bestimmt nicht, dass Ihre Kinder unter dieser Situation leiden.«

»Meine Kinder leiden nicht, Herr Volkmann. Sie *wollen* bei mir sein.«

Wutentbrannt haue ich mit der Faust auf die Tischplatte. »Das ist eine glatte Lüge!«, brülle ich und ziehe mir sogleich den strafenden Blick meines Advokaten zu.

»Verstehe«, höre ich Arne sagen. »Die Diebin ist ebenfalls anwesend. Richten Sie ihr aus, dass ich erst nachgeben werde, wenn ich mein Eigentum zurückbekommen habe.«

Mein Anwalt fragt nach. »Von welchem Eigentum sprechen Sie?«

»Fragen Sie Ihre Mandantin! Sie weiß genau, was ich meine! Quid pro quo. Wenn ich meine Papiere wiederkriege, darf sie die Kinder am Wochenende sehen.«

Ich nicke zustimmend.

»Ihre Frau ist einverstanden«, erklärt Herr Volkmann.

»Na, geht doch«, triumphiert Arne. Seine Bemerkung befördert meine Wut ins Unermessliche. »Meinetwegen kann sie Muriel und Joshi am Samstag abholen. Sollte sie allerdings ohne meine Sachen antanzen, platzt der Deal.«

»Schön, dass wir eine Regelung gefunden haben«, bedankt sich mein Anwalt bei dem Erpresser und beendet das Gespräch.

Ob ich nun zufrieden sei, werde ich gefragt.

Ich winke ungeduldig ab. »Die Fahrzeugbriefe sind mir doch völlig egal. Hauptsache ist, dass ich meine Kinder wiedersehe.«

Bio-Zitronen

Moritz

Zweifellos würde ich lieber nur exklusive Neubauten planen, aber Kleinvieh macht bekanntlich auch Mist. Deshalb nehme ich heute einen Ortstermin bei Kunden wahr, die sich einen Anbau wünschen.

Pünktlich um zwei Uhr mittags treffe ich bei Familie Jakobi ein. Ihr schwedisches Holzhaus kenne ich bisher nur von den Plänen, die mir zur Prüfung überlassen wurden. In natura nehme ich das ochsenblutrote Gebäude zum ersten Mal in Augenschein.

Auf den ersten Blick scheint es gut in Schuss zu sein. Auf den zweiten Blick trifft mich fast der Schlag. Der Hausherr ist nur wenig älter als ich und bereits Vater von sechs Kindern. Seine Frau, die mich freundlich begrüßt, ist hochschwanger. Um den beiden ins Wohnzimmer zu folgen, muss ich mir erst den Weg durch einen Haufen Spielzeug bahnen.

»Besser, wir setzen uns auf die Terrasse«, schlägt Herr Jakobi vor. »Sie sehen ja, wie beengt es bei uns ist.«

»Um das zu ändern, bin ich ja hier«, antworte ich lächelnd, während sich die Jungs wie die Orgelpfeifen vor mir aufstellen

77

und mir zuwinken. Mir werden Jan, Ole, Lasse, Oskar, Emil und Hugo vorgestellt.

»Wow, das sind ja genügend Feldspieler für eine komplette Handballmannschaft«, platzt es aus mir heraus. »Fehlt nur noch der Torwart.«

»Ist bereits in Arbeit«, erklärt Herr Jakobi und tätschelt seiner Frau liebevoll den Babybauch. »Aber dieses Mal wird es ein Mädchen.«

Um zwei weitere Räume mit angrenzenden Bädern zu realisieren, habe ich zwei Entwürfe mitgebracht. Die Arbeit hätte ich mir sparen können, denn weder für den einen, noch für den anderen Vorschlag reicht das Budget der Großfamilie aus.

»Wo können wir einsparen?«, will die bald siebenfache Mutter wissen.

Sie haben bereits am falschen Ende gespart und hätten besser vorher in Verhütung investieren sollen, liegt mir auf der Zunge, aber das behalte ich für mich. Mir ist vollkommen schleierhaft, wie man sich so viele Kinder anschaffen kann. Hat der Typ denn keine anderen Hobbys?

»Mit ganz viel Eigenleistung wäre es unter gewissen Umständen zu schaffen«, lautet mein Rat.

»Das ist kein Problem, oder, Schatz?«, meint Rammler Jakobi.

Sie nickt zustimmend und fragt, ob ich einen Kaffee trinken möchte.

»Sehr gern«, erwidere ich, widme mich erneut den Plänen und unterbreite Alternativvorschläge.

Ob die Familienplanung denn nun abgeschlossen sei, erkundige ich mich vorsichtig, als Lasse eine Kanne auf den Tisch stellt.

Wie der Knirps heißt, der die Tassen bringt, habe ich inzwischen vergessen. Erst als seine Mutter ihn einen *Tollpatsch* schimpft, weil er mir beim Einschenken den heißen Kaffee über den hellen Anzug schüttet, weiß ich, dass es sich bei dem Blindfisch um Ole handelt.

»Nicht schlimm. Kann ja mal passieren«, schwindle ich, obwohl ich vor Schmerzen in die Luft gehen könnte.

Eine Stunde später verlasse ich die Villa Kunterbunt ohne verbindlichen Auftrag, allerdings mit eingesauter Hose, unter der sich gewiss eine Brandblase gebildet hat.

Ich bin stinksauer.

Aber nur kurz. Das Klingeln meines Handys beschert mir sogleich bessere Laune. Es ist Valentine. Ihre Stimme zaubert mir ein unbeschreibliches Glücksgefühl in den Bauch.

»Könnte ich schon früher zu dir kommen?« Sie erklärt, dass sie bereits in der Innenstadt sei und es sich nicht lohnen würde, erst noch zu ihrer Schwester zu fahren.

»Passt ausgezeichnet«, versichere ich ihr, während ich den Wagen in Richtung Innenstadt lenke. »Ich bin ohnehin gerade in Hamburg und könnte dich aufgabeln. Sag mir nur, wann und wo.«

Sie überlegt kurz. »In einer Stunde vor dem Alsterhaus? Dann könnte ich dort für unser Essen einkaufen.«

Ich schaue erst auf die Uhr, dann auf meine bekleckerte Hose. Obwohl ich aussehe wie ein Bettnässer, antworte ich ihr: »Okay, bis dann.«

Wo bekomme ich binnen sechzig Minuten eine neue Hose her? Prompt fällt mir Inga ein. Sie sitzt schließlich als Chefeinkäuferin eines Herrenausstatters an der Quelle.

Kurzum rufe ich sie an. »Kannst du mir auf die Schnelle eine neue Hose besorgen?«

Erst als ich ihr erkläre, dass ich wenig Zeit habe, weil ich mich gleich mit Valentine treffe und ihr nicht wie ein Penner gegenübertreten will, bietet sie mir an, vorbeizukommen.

»Wenn es so eilig ist, begebe ich mich schon mal auf die Suche für dich«, bietet Inga an. Sie erkundigt sich nach meiner

Größe und schlägt vor, dass wir uns nicht im Laden, sondern bei ihr im Büro treffen. Ich will widersprechen, denn ich lege keinen Wert darauf, mit ihrer Kollegin Svenja zusammenzuprallen. Aber dafür ist es zu spät. Sie hat bereits aufgelegt.

Wie heißt es so schön? *In der Not frisst der Teufel Fliegen.* Nur weil ich mich in einer Notlage befinde, lege ich eine halbe Stunde später meine Klamotten vor Inga ab und steige in eine Jeans, die ich mir im Normalfall niemals kaufen würde.

Die Fachfrau betrachtet mich prüfend und schüttelt den Kopf. »Die sitzt nicht. Probier mal dieses Modell.«

Wieder stehe ich nur in Boxershorts vor Ingas Schreibtisch, als hinter uns die Tür aufgeht. Jetzt trifft genau das ein, was ich unbedingt vermeiden wollte.

»Hab ich mich doch nicht geirrt«, stellt Svenja fest und starrt mich anklagend an. »Du bist es wirklich. Was machst du hier, Moritz? Und weshalb trägst du bloß Unterwäsche?«

»Wonach sieht es denn aus?«, knurre ich und schlüpfe in die dunkelblaue Hose, ohne Svenja eines weiteren Blickes zu würdigen.

»Viel besser«, lautet Ingas Urteil.

»Okay, dann nehme ich die. Was kostet das Teil?«

Noch bevor ich den Preis erfahre, spüre ich Svenjas Hände auf meinem Hintern. Sie fummelt das Etikett aus der Gesäßtasche. »Wieso wendest du dich an Inga und nicht an mich, wenn du eine Jeans kaufen willst? Du weißt doch, dass ich Personalrabatt bekomme.«

Ich gehe nicht auf ihren Vorwurf ein, sondern zücke stumm mein Portemonnaie.

Inga winkt ab. »Das erledige ich später für dich. Und nun raus mit dir. Oder willst du meine Schwester warten lassen?«

Das lasse ich mir nicht zweimal sagen. Ich bedanke mich für ihre prompte Hilfe und eile von Svenja gefolgt zum Lift.

»Wieso triffst du dich schon wieder mit Ingas Schwester?«, will sie wissen und mustert mich skeptisch. »Erzähl mir nicht, dass ihr noch immer mit der Hochzeitsplanung beschäftigt seid.«

Ich ignoriere ihre nervige Fragerei, denn ich habe nicht vor, mich ihr zu erklären. Warum auch? Nur weil wir gevögelt haben, bin ich ihr keine Rechenschaft schuldig.

»Seit Wochen hast du keine Zeit für mich«, beschwert Svenja sich unterdessen.

Ich bin erleichtert, als sich die Fahrstuhltür öffnet und ich mich aus dem Staub machen kann. Allerdings werde ich Svenja nicht los.

Sie klebt an mir wie eine Klette und schlägt vor, dass wir das Wochenende zusammen verbringen. »Ich komme zu dir und wir lassen es mal wieder krachen.«

Friedrich hält als willkommene Ausrede her. »Das geht nicht. Ich habe jetzt einen Mitbewohner.«

»Dann treffen wir uns bei mir.«

Ich muss ihr dringend klarmachen, dass es keine Treffen mehr geben wird. Aber nicht in diesem Augenblick. Jetzt muss ich mich sputen. Deshalb reagiere ich so, wie es feige Drückeberger machen, wenn sie sich aus einer unangenehmen Situation herauswinden. »Ich ruf dich an.«

Als wäre ich auf der Flucht, stürme ich aus dem Haus. Erst bei meinem Wagen fällt mir auf, dass ich meine Anzughose bei Inga im Büro vergessen habe. Egal.

Schon zum zweiten Mal passiere ich den Jungfernstieg, als ich Valentine mit einer Einkaufstüte in der Hand auf dem Bürgersteig entdecke. Sie erkennt meinen Wagen, winkt mir zu und überquert die Straße.

Ich betätige den Warnblinker und stoppe, damit sie einsteigen kann. Der Typ im Transporter hinter mir hupt und gestikuliert wild, aber das kratzt mich nicht. Ich habe nur Augen für die Frau, die sich neben mich setzt. Mir fällt sofort auf, wie ungemein entspannt sie heute auf mich wirkt.

»Wer oder was bereitet dir so gute Laune?«, will ich wissen und hoffe, sie gesteht mir, dass ich der Grund sei.

»Am Wochenende darf ich meine Kinder sehen. Arne hat es erlaubt, nachdem mein Anwalt mit ihm telefoniert hat. Ich könnte vor lauter Freude Luftsprünge machen.«

Ich streiche sanft über ihre Hand. »Siehst du, alles wird gut. Das habe ich dir doch prophezeit.« Glücklich darüber, dass sie heute eine Berührung zulässt, setze ich die Fahrt fort.

Unterwegs berichtet sie mir von ihren Einkäufen. »Ich habe ganz tolles Fleisch bekommen. Nur auf die Zitronen musste ich verzichten. Es gab keine aus biologischem Anbau. Schade, denn das bedeutet, dass ich die Zesten leider weglassen muss.«

»Ich bin mir sicher, dass es auch ohne schmecken wird.«

Sie schüttelt den Kopf. »Die sind das A und O bei dem Gericht.«

»Wenn das so ist, besorge ich später noch welche. Der Supermarkt bei mir im Ort ist immer gut sortiert. Dort bekomme ich bestimmt Bio-Zitronen.«

Verwundert schaut sie mich an. »Das würdest du machen? Arne wäre nie auf die Idee gekommen. Er hätte mich angeraunzt und mir völliges Unvermögen unterstellt. Ich höre ihn schon schimpfen: *Du bist zu blöd, um drei Teile einzukaufen.*«

Ich schnaube abfällig. »Arne ist ein Idiot. Denk nicht mehr an ihn und lass uns den Abend genießen.«

»Das ist ein großartiger Vorschlag.« Suchend durchwühlt sie die Tüte, die zwischen ihren Beinen steht, zieht eine Flasche Rotwein heraus und verkündet, dass wir damit später anstoßen werden. »Und keine Sorge! Bei Merlot kenne ich meine Grenzen. Ich vertrage nur keinen Hochprozentigen.«

»Wie kommst du denn darauf, dass du keinen Schnaps abkannst?«, veralbere ich sie.

Beschämt schlägt sie sich die Hände vors Gesicht. »Ich könnte nach wie vor im Erdboden versinken, wenn ich daran denke, dass ich sturzbetrunken war.«

Ich zwinge mich, ernst zu bleiben. »Dazu besteht gar kein Grund. Ganz im Gegenteil. Hätte der Wodka deine Zunge nicht gelöst, wüsste ich immer noch nicht, dass du Gefühle für mich hegst.«

Panisch reißt sie die Augen auf. »Bitte, was?«

»Du hast mir gestanden, dass du mich magst. Erinnerst du dich nicht?«

»Nicht die Bohne! Was habe ich denn gesagt?«

»Du hast mir erklärt, dass du dich in meiner Gegenwart sehr wohlfühlst und gern mehr Zeit mit mir verbringen möchtest.«

»Oh mein Gott«, platzt es aus ihr heraus. »Ich trinke nie wieder Alkohol.«

Natürlich könnte ich ihr jetzt beichten, dass ich sie nur hochnehme, aber eine derartig gute Gelegenheit kommt gewiss nicht so schnell wieder. Also ergreife ich die Chance. »Ich mag dich auch und bin unheimlich gern mit dir zusammen«, gestehe ich ihr lächelnd. »Ständig muss ich an dich denken.«

Von einem Moment zum anderen läuft Valentine hochrot an. »Ich war komplett betrunken. Du hättest meine Worte nicht auf die Goldwaage legen dürfen.«

»Heißt es nicht, dass Kinder und Betrunkene stets die Wahrheit sagen?«

»Davon habe ich noch nie gehört. Außerdem können meine Kinder schwindeln, dass sich die Balken biegen.«

Wir sind am Ziel angekommen. Ich lenke den Wagen auf den Parkplatz und stelle den Motor aus. »Dann magst du mich nicht?«

»Doch, natürlich mag ich dich«, stottert sie. »Wäre ich sonst heute gekommen?«

Ich schnalle mich ab, steige aus und gehe ums Auto, um für sie die Beifahrertür zu öffnen, sie ist allerdings bereits ohne meine Hilfe aus dem Wagen geklettert. Noch immer weicht sie meinem Blick aus.

Ich will ihr die Tüte abnehmen, aber Valentine rückt sie nicht heraus.

»Wolltest du nicht noch Zitronen besorgen?«, murmelt sie. »Wenn du mir deinen Wohnungsschlüssel gibst, könnte ich schon mal vorgehen und mit den Vorbereitungen beginnen.«

Ich verstehe. Sie möchte nach meinem Spruch einen Moment allein sein. Weil ich Verständnis für ihre Verlegenheit aufbringen will, entspreche ich ihrem Wunsch. Routiniert löse ich den Schlüssel vom Bund und drücke ihn ihr in die Hand. »Soll ich noch was anderes mitbringen?«

Sie verneint und marschiert schnurstracks zum Eingang. Als sie Friedrichs Pick-up entdeckt, hält sie plötzlich inne.

Erst einmal denke ich mir nichts dabei und steige wieder ein. Doch dann beobachte ich durch den Rückspiegel, wie Valentine ans Schaufenster klopft. Sekunden später erscheint mein Mitbewohner auf dem Bürgersteig.

Zu sehen, dass er sie umarmt und mit Küsschen auf die Wange begrüßt, bringt mein Blut zum Kochen. »Wage es nicht, mir in die Quere zu kommen!«, drohe ich ihm leise, bevor ich zügig losfahre, um möglichst schnell zurück zu sein.

Candle-Light-Dinner

Valentine

Noch immer bin ich völlig durcheinander, als Friedrich mich begrüßt. Dass ich Moritz meine Zuneigung gestanden haben soll, geht mir einfach nicht aus dem Kopf. »Hab ich mich dir gegenüber etwa auch ungebührlich verhalten, als du mich ins Haus getragen hast?«, erkundige ich mich verunsichert und rechne schon mit dem Schlimmsten.

Friedrich lacht. »Quatsch. Du bist gar nicht wach geworden. Weshalb fragst du?«

»Ach, nur so.« Es ist mir peinlich, ihm zu gestehen, dass ich mich an nichts mehr erinnern kann. Deshalb wechsle ich schnell das Thema. »Du wohnst also bis zur Fertigstellung des Barber Shops bei Moritz oben?«

Er nickt und bittet mich herein, um mir seine Arbeiten zu zeigen.

Ich folge ihm auf die Baustelle und bewundere wenig später einen Tresen, den Friedrich aus massivem Holz gefertigt hat. »Eine Bartheke? Was soll denn das? Ich dachte, das hier soll ein Herrenfrisör werden.«

»Eher ein nobler Gentleman-Club.« Friedrich unterzieht mich einer Musterung. Ihm scheint zu gefallen, was er sieht, denn er grinst zufrieden. »Schön, dass du mich besuchen kommst.«

Nun ist eine Erklärung fällig. »Ich koche heute im Penthouse und würde mich freuen, wenn du uns Gesellschaft leistest.« Hoffentlich stimmt er zu, denn nachdem ich nun weiß, dass ich im Suff Moritz meine Zuneigung bekundet habe, kann und will ich nicht mit ihm allein sein.

»Bitte, sag zu«, bettle ich.

Friedrich schaut auf die Uhr und verzieht mürrisch das Gesicht. »Eigentlich ist es viel zu früh, um jetzt schon Feierabend zu machen. Ich stehe nämlich unter enormem Zeitdruck.«

»Dann leg eine Pause ein. Ich verspreche, du wirst es nicht bereuen. Es gibt mein legendäres Lamm.«

»Das kann ich unmöglich ablehnen«, antwortet er lachend und nimmt mir die Tasche ab.

Gemeinsam treten wir ins Treppenhaus und warten auf den Lift.

»Morgen darf ich die Kinder abholen«, lasse ich ihn wissen. »Arne hat erlaubt, dass ich sie übers Wochenende zu mir nehme.«

Sein Blick verfinstert sich. »Woher der plötzliche Sinneswandel?«

»Er bekommt im Austausch die Fahrzeugpapiere zurück, die ich aus dem Safe gemopst habe«, erzähle ich, während wir in den Aufzug steigen.

Auf der Fahrt nach oben schweigt Friedrich einen Moment. »Ich traue ihm nicht. Du solltest auf gar keinen Fall alleine bei ihm auftauchen. Ich werde dich begleiten.«

»Dafür hast du Zeit?«, frage ich erstaunt.

»Die Zeit nehme ich mir.«

Total gerührt über sein Angebot schließe ich kurze Zeit später die Wohnungstür auf.

Friedrich verschwindet im Bad. Er will duschen, bevor wir zum gemütlichen Teil übergehen.

Ich nehme derweil die Küche in Beschlag und verteile meine Einkäufe auf der Arbeitsplatte.

Als Moritz zurückkehrt, ist das Filet bereits angebraten und ruht bei niedriger Temperatur im Backofen.

Während ich mich um die Beilagen kümmere, präsentiert Moritz mir fünf riesige Zitronen.

»Eine hätte gereicht«, rufe ich ihm zu, während ich im Spülbecken die Kartoffeln wasche.

»Wo waren wir vorhin stehen geblieben?« Er nähert sich mir mit einem raubtierhaften Grinsen.

Ich gebe ihm nicht die Chance, noch einmal das Thema aufzuwärmen, denn ich bin froh, dass ich mich wieder einigermaßen gefangen habe. Deshalb nicke ich mit einem arglosen Lächeln in Richtung Dachterrasse. »Du hattest vorgeschlagen, dass wir uns einen gemütlichen Abend machen. Während ich koche, könntest du schon mal den Tisch decken.«

Das ist zweifellos nicht das, was er hören wollte. Trotzdem zögert er nicht und holt zwei Teller und Bestecke aus dem Schrank.

»Leg noch ein drittes Gedeck dazu«, bitte ich ihn, bevor ich mir die Hände abtrocke. »Friedrich wird auch mit uns essen.«

Moritz klappt das Visier runter. »Wieso denn das?«

»Weil ich ihn eingeladen habe. Du hast doch wohl nichts dagegen?«

Er bleibt mir die Antwort schuldig und murmelt unverständlich vor sich hin.

Frisch geduscht und mit noch feuchten Haaren erscheint Friedrich in der Küche. »Es duftet bereits ganz wunderbar, Valentine. Kann ich dir noch zur Hand gehen?«

»Hab alles im Griff«, erkläre ich und suche die Schubladen nach einem Zestenzieher ab. Fehlanzeige. »Besitzt du einen Sparschäler?«, wende ich mich an Moritz.

Er reicht mir ein rostiges Teil, das ich mit hochgezogenen Brauen betrachte. Nach zwei Versuchen lege ich es resigniert beiseite. »Damit komme ich gar nicht klar.«

»Kein Wunder«, meint Friedrich. »Das Ding ist ja auch für Linkshänder.«

Da ich weiß, dass Moritz Rechtshänder ist, vermute ich, dass dieses Utensil einer seiner vielen Liebschaften gehört, von denen Lore mir erzählt hat.

»Ich könnte mit einer Reibe dienen«, bietet Moritz mir an und rückt verdächtig nahe an mich heran.

Friedrich grätscht in seinen Flirtversuch. »Gib mir ein scharfes Messer. Ich kratze die Schale hauchdünn ab. Das ist kein Problem für mich.«

»Fein«, raunzt Moritz ihn an. »Dann werden Valentine und ich ja hier nicht mehr gebraucht.« Er schnappt sich den Rotwein, den ich mitgebracht habe, und zieht mich mit der freien Hand hinaus auf die Dachterrasse. Sein Vorwurf folgt auf dem Fuße. »Warum hast du ihm angeboten, den Abend mit uns zu verbringen? Ich dachte, wir beide wollten …«

Ich lasse ihn nicht aussprechen. »Wollen wir den Wein etwa aus der Flasche trinken?«

Moritz stöhnt. »Gläser! Bleib, wo du bist. Ich bin sofort zurück.«

Noch bevor wir anstoßen, ist Friedrich mit der Schnippelarbeit fertig. Er gesellt sich zu uns und beäugt das Flaschenetikett. »Hast du den Merlot aus dem häuslichen Weinkeller mitgehen lassen?«

»Nein, den habe ich vorhin im Alsterhaus gekauft.«

Unter dieser Voraussetzung stimmt er zu, einen Schluck mitzutrinken. »Nie wieder werde ich einen Tropfen zu mir nehmen, den dein baldiger Ex-Mann bezahlt hat.«

Ich lache ihn aus. »Seit wann hast du Skrupel? Früher haben wir mit großer Freude seinen Vorrat ausgesüffelt und bis in die Morgenstunden auf deinem Steg zusammen gehockt und gequatscht.«

Er lächelt mild. »Daran erinnere ich mich gern. Wann wiederholen wir das, Valentine? Bevor der Sommer vorbei ist, sollten wir unbedingt noch einmal hinfahren.«

Wütend meldet sich Moritz zu Wort. »Statt Pläne mit Valentine zu schmieden, solltest du besser an die viele Arbeit denken, die unten auf dich wartet. Du hast doch wohl nicht vor, meinen Kumpel hängen zu lassen, oder? Marek verlässt sich auf dich.«

Friedrich lenkt ein. »Es besteht kein Grund, sich Sorgen machen. Ich kenne den Zeitplan und halte ihn gewiss ein.«

»Wie willst du das denn anstellen, wenn du hier faul rumsitzt?«

Empört schaue ich Moritz an. Wieso schlägt er plötzlich so einen feindseligen Ton an?

Ich kann nicht zulassen, dass er Friedrich so barsch anfährt. Gerade will ich ihn zurechtweisen, als er sich erhebt und beleidigt in die Küche stampft.

Ich will ihm folgen, doch Friedrich hält mich zurück. »Lass ihn. Der beruhigt sich schon wieder.«

Seufzend nippe ich an meinem Wein und beschließe, den stillen Moment zu nutzen, um Ingas Bitte vorzutragen. »Die beiden können sich keine Hochzeitsreise leisten. Würdest du ihnen für einen kurzen Honeymoon dein Bootshaus überlassen?«

Friedrich nickt. »Klar, aber die Nächte werden schon verdammt kalt.«

Ich muss schmunzeln. »So verliebt wie die beiden sind, werden sie sicher nicht frieren.«

Zufrieden lehnt Friedrich sich zurück. »Das mit ihrer Versöhnung haben wir beide grandios hinbekommen. Wir sind einfach ein perfektes Team.«

Moritz lugt hinaus. »Darf ich eure Teambesprechung kurz stören? Ich glaube, das Essen könnte langsam aus dem Ofen genommen werden.«

Sofort springe ich auf und flitze in die Küche, um nach dem Fleisch zu sehen. Alles gut, stelle ich erleichtert fest. Nach meinem Geschmack ist es auf den Punkt gegart.

»Magst du es auch so?«, will ich von Moritz wissen und biete ihm an, das Filet noch weiter durchzubraten, sollte es ihm zu blutig sein.

»Ich mag *dich*, Valentine«, antwortet er ernst und mustert mich nachdenklich. »Warum verbringen wir den Abend zu dritt? Ich habe mich so auf unser romantisches Candle-Light-Dinner gefreut.«

Sein Blick beschert mir weiche Knie. Dennoch wehre ich mich entschlossen gegen das Kribbeln, das er gerade in mir auslöst.

Nein, ich werde nicht auf die Avancen dieses Casanovas eingehen. Valentine Baumgarten lässt sich nicht so einfach vernaschen.

Ich gehe einen Schritt auf Abstand und blicke ihn keck an. »Du hast bei unserem Treffen an ein romantisches Candle-Light-Dinner gedacht? Und wo sind die Kerzen?«

Moritz nickt in Richtung Dachterrasse. »Die hole ich erst aus dem Schrank, wenn er sich verdrückt hat.«

Lächelnd schüttle ich den Kopf. »Oh nein! Ich werde ihn ganz bestimmt nicht wieder ausladen.«

Moritz verzieht gequält das Gesicht, insistiert aber nicht weiter, sondern hilft mir, die Teller zu füllen, und folgt mir zurück an den Tisch.

Wir essen in angespanntem Schweigen, bis Friedrich verzückt aufseufzt.

»Heute hast du dich wirklich selbst übertroffen«, lobt er mein Gericht.

Moritz bleibt der Bissen fast im Hals stecken. »Was soll das denn heißen? Hast du etwa schon öfter für ihn gekocht?«

Ich bejahe und wende mich Friedrich zu. »Macht es dir wirklich nichts aus, mich morgen zu den Kindern zu fahren?«

Er stupst gegen meine Nasenspitze und grinst. »Sag mir nur, wann es losgehen soll. Dann hole ich dich pünktlich ab.«

»Um neun?«

Wutentbrannt lässt Moritz sein Besteck auf den Teller fallen. »Du beabsichtigst, morgen schon wieder blauzumachen? Du bist ja ein gewissenhafter Handwerker!«

Nun reicht es Friedrich. »Sag mal, Moritz. Was ist dein Problem?«

»Das habe ich dir lang und breit erklärt. Bist du etwa schwer von Kapee?«

»Nicht ich, sondern du scheinst begriffsstutzig zu sein. Ich habe dir bereits versichert, dass ich meinen Auftrag ordnungsgemäß erledigen werde. Ein weiteres Mal werde ich es nicht wiederholen.«

Moritz lässt nicht locker. »Dann erkläre mir mal, wie du das alles schaffen willst!«

»Ich arbeite notfalls auch nachts. Ich kann das, denn ich bin kein Sesselpupser wie du, der bloß von neun bis siebzehn Uhr gemütlich am Schreibtisch sitzt.«

Moritz schnappt nach Luft. »Wie hast du mich genannt?«

»Sesselpupser! Bürohengst!«

Bevor der Streit der beiden eskaliert, mische ich mich ein. »Seid ihr verrückt geworden? Wie führt ihr euch denn auf?«

»Sorry, Valentine«, entschuldigen sich beide im Gleichklang.

Mir reicht es trotzdem. »Ich möchte jetzt gehen. Fährst du mich zum Bahnhof, Friedrich?«

Er bejaht und steht auf.

»Nun bleib doch«, ruft Moritz mir hinterher. »Du musst nicht mit der Bahn fahren. Ich bringe dich.«

»Nicht nötig«, erwidere ich und reiche ihm zum Abschied die Hand.

»Der Typ hat einen gewaltigen Knall. Ich sollte mir schnellstens ein Zimmer in einer Pension suchen«, schimpft Friedrich auf dem Weg zu seinem Wagen.

»Er hat keinen Knall. Er ist nur sauer, weil er heute nicht bei mir landen konnte.«

»Bitte? Der Typ wollte dich angraben? Das ist ja das Letzte!«

Friedrichs Entsetzen gibt mir zu denken. »Was ist denn daran so empörend? Du selbst hast mir bestätigt, dass ich eine attraktive Frau bin, die einen besseren Partner verdient hat als Arne. Warum sollte sich Moritz nicht für mich interessieren? Schließlich bin ich ungebunden.«

»Du ja. Er nicht!«

»Bitte?«

»Er hat eine feste Freundin. Wusstest du das nicht?«

Entgeistert schüttle ich den Kopf.

»Ich habe sie kennengelernt. Sie ist in deinem Alter und war gestern so freundlich, mich reinzulassen.«

»Bist du sicher?«

»Absolut sicher. Warum sollte sie sonst einen eigenen Schlüssel haben und seine Hemden bügeln?«

92

Ich bin heilfroh, standhaft geblieben zu sein. Künftig werde ich um Moritz einen weiten Bogen machen und bei der Hochzeitsplanung auf seine Unterstützung verzichten. Es wird keine weiteren Treffen und Absprachen mehr geben.

Wir feiern im Schafstall. Basta!

Rauswurf

Moritz

Verärgert grüble ich darüber nach, welche Rolle Friedrich in Valentines Leben spielt. Weshalb zieht sie es vor, sich statt von mir von ihm nach Hause bringen zu lassen? Hätte ich vorher gewusst, wie eng die beiden miteinander sind, hätte ich dem Typen gewiss keinen Unterschlupf gewährt. Aber nun ist es zu spät.

Nach dieser herben Enttäuschung muss ich mir dringend Luft verschaffen und rufe meinen Kumpel an.

Inga meldet sich. »Marek bringt Mika gerade ins Bett. Soll er dich zurückrufen?« Darauf will ich nicht warten und stelle ihr die Frage, die mir wie Feuer unter den Nägeln brennt.

»Läuft da was zwischen Friedrich und deiner Schwester?«

Nur zögerlich antwortet sie mir. »Die Vermutung hatte ich anfangs auch. Allerdings hat Valentine es heftig abgestritten.«

»Dann sag mir, was ich falsch mache! Warum kann ich bei ihr nicht landen? Sie ist deine Schwester. Du musst doch wissen, was in ihrem Kopf vorgeht?«

Ich höre Inga laut seufzen. »Sie beschäftigen momentan wichtigere Sachen, als sich auf einen neuen Partner einzulassen.

Valentine will ihre Kinder zurück. Ihr steht ein erbarmungsloser Scheidungskrieg bevor. Wieso erkennst du das nicht?«

Mal wieder wird mir geraten, Geduld aufzubringen.

»Lass ihr Zeit. Irgendwann wird sie erkennen, dass du ein Netter bist.«

Gerade will ich das Kompliment zurückgeben, als ich höre, dass die Tür klappt. Ich beende das Gespräch und bin ganz wild darauf, Friedrich eine Ansage zu machen.

»Guten Abend«, tönt es hinter mir. »Ich bringe dir deine Hose, die du vergessen hast.«

Ich drehe mich um. »Svenja! Wie kommst du hier rein?«

»Mit meinem Schlüssel, Schatz.«

Schatz? Und von welchem Schlüssel spricht sie?

»Ich habe extra gewartet, bis dein Besuch gegangen ist«, erklärt sie und räumt die drei Gedecke ab. »Es gab Lamm? Wie ekelig. Ich ertrage diesen Geruch nicht.« Ohne sich zu erkundigen, ob ich noch Wert auf die Reste lege, wirft sie die vorzügliche Mahlzeit in den Mülleimer. Ihr resolutes Handeln verschlägt mir die Sprache. Aber nur kurz.

»So läuft das nicht, Svenja. Du kannst hier nicht einfach auftauchen und so tun, als wärst du hier zu Hause.«

Verständnislos sieht sie mich an. »Aber dein Mitbewohner ist doch gerade abgefahren. Jetzt haben wir sturmfrei.«

Als sie die Teller und Gläser in den Geschirrspüler stellt, geht mir ein Licht auf.

»Du warst schon häufiger in meiner Abwesenheit hier, stimmt's?«

Sie lächelt auf gespenstische Weise. »Ich habe lediglich für ein wenig Ordnung gesorgt. Schließlich will ich, dass du dich in deinem neuen Heim wohlfühlst.«

»Ich will das nicht«, schreie ich sie an. »Was geht eigentlich in deinem Kopf vor? Du kannst dir doch keinen Schlüssel nachmachen lassen und hier herumspazieren, wie es dir passt.«

»Ich habe mir kein Duplikat anfertigen lassen. Das ist ein Originalschlüssel.«

Ohne sie zu fragen, woher sie ihn hat, strecke ich die Hand aus und fordere die sofortige Herausgabe.

»Wieso?«, jammert sie. »Warum verlangst du das von mir?«

»Wir hatten eine belanglose Affäre. Mehr nicht!«

»Aber wir könnten eine feste Beziehung haben, wenn du es zulassen würdest. Gib dir doch einen Ruck.«

»Von einer festen Beziehung war nie die Rede!«

»Warum nicht? Wir passen so gut zusammen.«

Mir platzt der Kragen. Ich werde deutlicher. »Ich habe dich in einer Kneipe aufgegabelt. Wir waren uns einig, dass es nur um Spaß ging. Nicht im Traum käme mir die Idee, was Ernstes mit dir anzufangen.«

Ihre Augen füllen sich mit Tränen. Gleich darauf brüllt sie mich hysterisch an. »Du bist ein Schwein!«

Ich bitte sie zu verschwinden. Doch sie wirft sich schluchzend aufs Sofa.

Ihr Flennen mündet in einen tobenden Wutanfall, der befürchten lässt, dass Lore das frenetische Fluchen bis in ihre Wohnung hören kann.

»Nun beruhige dich doch«, flehe ich Svenja an und schließe die Tür zur Dachterrasse.

Plötzlich klingelt es. In der Erwartung, die Sandmanns im Treppenhaus anzutreffen, die wissen wollen, was bei mir los ist, öffne ich.

Aber es ist Friedrich, der mich fragt, ob ich einen Horrorfilm im TV anschaue. »Du solltest schnellstens die Lautstärke drosseln. Das schrille Geschrei ist im ganzen Haus zu hören.«

»Nein, der Wahnsinn spielt sich gerade live in meinem Wohnzimmer ab. Die Frau dreht völlig durch.«

»Welche Frau?« Neugierig schlängelt er sich an mir vorbei und wirft einen Blick auf die Couch. »Was ist denn passiert?«

Svenja blickt auf und läutet den zweiten Akt ihrer peinlichen Vorstellung ein. »Dieser Schuft hat mich gerade abserviert. Mittlerweile begreife ich auch, warum. Er hat es auf Ingas Schwester abgesehen. Nur deshalb will er mich loswerden.«

Friedrich zieht die Brauen hoch und erklärt mir, dass er nicht länger stören wird. »Ich gehe jetzt runter und arbeite weiter. Allerdings möchte ich dich vorher um einen eigenen Schlüssel bitten. Ich bin es nämlich leid, ständig darauf zu warten, dass mir jemand öffnet.«

Erstaunt schaue ich ihn an. »Hat Frau Sandmann dir denn keinen gegeben?«

»Doch, aber der passt nicht.«

Jetzt fällt bei mir der Groschen. Svenja hat sich den Ersatzschlüssel von Lore besorgt und ihr bei der Rückgabe dreist einen anderen untergejubelt. Wie abgebrüht! Ich bin fassungslos. »Mach 'ne Fliege, du durchgeknallte Irre!«, fahre ich sie an. Mein Blick signalisiert ihr, dass ich es bitterernst meine. Endlich kommt sie meiner Aufforderung nach.

Friedrich mustert mich herablassend. »Du hast ja eine tolle Art, Frauen zu behandeln.«

»Was geht es dich an?«, fauche ich zurück.

»Nichts, aber solltest du Valentine weiter nachstellen, bekommst du es mit mir zu tun.«

Ich lache den Silberfuchs aus. »Du drohst mir? Das ist ja der Gipfel der Unverschämtheit.«

»Nein, ich drohe dir nicht, aber ich warne dich! Hände weg von meiner Valentine!«

»*Deine* Valentine? Guck mal in den Spiegel, alter Mann, und stell dich der Realität! Du könntest ihr Vater sein!«

»Bin ich aber nicht«, kontert er.

»Trotzdem bist du nicht der Richtige für sie.«

»Ob richtig oder falsch entscheidest nicht du.«

Ich gebe mich siegessicher. »Wir werden ja sehen, wer das Rennen macht.«

Er lacht überheblich und nennt mich einen Ahnungslosen. »Es wird kein Rennen zwischen uns geben. Valentine hat sich längst entschieden«, tönt er und verzieht sich zum Umkleiden in das Zimmer, das ich ihm am liebsten sofort kündigen würde. Letztendlich entscheide ich mich, mein Vorhaben auf morgen zu verschieben. Ein Rausschmiss pro Tag sollte reichen.

INDOKTRINIERT

VALENTINE

Ich bin schon seit halb sieben auf den Beinen und kann es kaum erwarten, dass Friedrich mich abholt. In weniger als einer Stunde ist es so weit und ich werde meine Kinder endlich wieder in die Arme schließen.

Inga schlurft in die Küche, kräuselt ihre Nase und schnuppert. »Was riecht hier so gut? Hast du gebacken?«

Ich deute auf das Blech mit ofenwarmen Muffins. »Heute will ich mit Muriel und Joshi zum Elbstrand fahren. Dort hat es mir so gut gefallen. Bestimmt werden auch sie da mächtig Spaß haben.«

Meine Schwester stibitzt sich ein Stück Melone aus dem Obstsalat, den ich gerade mit gemischten Früchten für das geplante Picknick zubereite. »Würde es dir was ausmachen, wenn wir uns euch anschließen? Mika möchte unbedingt wissen, wo wir sein Boot hingebracht haben. Aber wenn du lieber allein mit deinen Zwergen sein möchtest, würde ich das auch verstehen.«

»Quatsch. Das ist eine tolle Idee. Dann werde ich noch schnell ein weiteres Blech für unseren Familienausflug vorbereiten.«

»Nicht nötig. Das übernehme ich«, bietet Inga an. »Erzähl mir lieber, weshalb du gestern Abend so früh zurückgekommen bist. War der Abend bei Moritz nicht schön?«

Ich rolle mit den Augen. »Hör bloß auf! Erst hat er versucht, mich anzubaggern, dann hat er sich mit Friedrich gezofft. Ich wollte nur noch weg.«

Inga starrt mich mit offenem Mund an. »Wieso war Friedrich dabei?«

»Ich habe ihn eingeladen, mit uns zu essen.«

»Warum hast du das gemacht?«

Ich fühle mich, als würde ich mit dem Rücken zur Wand stehen. »Wieso nicht? Ich hatte ohnehin viel zu viel eingekauft«, rede ich mich raus.

Inga schaut mich mit zusammengekniffenen Augen an. »Und nun verrate mir den wahren Grund!«

Laut stöhne ich auf, bevor ich ihr mein Herz ausschütte. »Nach dem, was Moritz mir schon während der Fahrt offenbart hat, wollte ich unter keinen Umständen mit ihm allein sein.«

»Weil?«, hakt sie weiter nach.

»Meine Güte, Inga. Hast du ihn dir mal genauer angesehen? Er ist ein Bild von einem Mann. Gestern hätte ich keine Garantie abgeben können, seinem Charme nicht doch zu erliegen. Dass ich Friedrich dazugebeten habe, war eine reine Vorsichtsmaßnahme.«

Meine Schwester versteht mich nicht. »Aber wenn du Moritz magst und dich zu ihm hingezogen fühlst, warum wehrst du dich dann gegen deine Gefühle?«

»Weil er eine feste Freundin hat.«

»Unsinn! Das wüsste ich. Marek hat mir versichert, dass er Single ist.«

»Mir reicht, was *ich* weiß. Friedrich hat sie kennengelernt und mir erzählt, dass sie sogar einen eigenen Schlüssel fürs Penthouse hat.«

Nach meiner Erklärung ändert Inga ihre Meinung und stellt sich auf meine Seite. »So ein Schuft! Ich werde dafür sorgen, dass dieser Hallodri nicht unser Trauzeuge wird.«

Ich finde, so weit muss ihr Groll auf Moritz nicht gehen, und widerspreche energisch. »Mach keinen Quatsch. Schließlich ist er Mareks bester Freund. Nach eurer Hochzeit trennen sich unsere Wege sowieso und ich werde ihn nie wiedersehen.«

Inga steht kurz davor auszuflippen. »Trotzdem! Wie kann er nur so mit deinen Gefühlen spielen? Insbesondere in Anbetracht der heiklen Situation, in der du dich gerade befindest?«

Ich liebe meine impulsive Schwester. Kein anderer Mensch bringt so viel Empathie auf wie sie. So war es schon, als wir noch Kinder waren. Obwohl sie die Jüngere ist, hat sie sich stets vor mich gestellt, wenn mal wieder Ärger anstand, und an meiner Stelle die Kämpfe mit unserer Mutter ausgetragen. Inga hatte von jeher eine große Klappe, aber sie verfügt auch über ein Riesenherz. Ungerechtigkeiten und Fehlverhalten bringen sie noch heute auf die Palme. Dann verwandelt sich die niedliche Schmusekatze in eine Löwin und fährt ihre Krallen aus. »Komm mal her, beste Schwester der Welt«, bitte ich sie und drücke sie ganz fest. »Ich bin so froh, dass ich dich habe.«

»Dito«, murmelt sie in meiner innigen Umarmung. »Und nun lass mich los! Friedrich ist gerade vorgefahren.«

Ich löse mich sofort von ihr und schnappe mir den dicken Luftpolsterumschlag, in dem sich die Fahrzeugbriefe befinden, die Arne so enorm wichtig sind. Mit der Gewissheit, dass Inga später alle Leckereien mitbringen wird, verlasse ich das Haus.

Mir fallen sofort Friedrichs müde Augen auf. »Hast du nicht gut geschlafen?«, frage ich meinen Fahrer besorgt.

Friedrich gähnt hinter vorgehaltener Hand. »Nicht gut, sondern gar nicht. Ich habe bis halb acht in der Früh durchgearbeitet.«

Ich bekomme auf der Stelle ein schlechtes Gewissen. »Ach Friedrich, du hättest doch absagen können. Es ist mir gar nicht recht, dass du meinetwegen auf Schlaf verzichtest.«

»Glaubst du etwa, ich lasse dich in dieser entscheidenden Phase allein?«

Nein, das glaube ich nicht. Mein Fels in der Brandung würde mich nie im Stich lassen.

Als wir mein ehemaliges Zuhause erreichen, bitte ich ihn, im Wagen auf mich zu warten.

Selbstbewusst schreite ich zur Eingangstür und klingle, obwohl ich ja einen Schlüssel besitze.

Es ist Joshi, der die Tür öffnet und mir freudig in die Arme springt.

»Seid ihr fertig?«, krächze ich, weil sich schon wieder ein dicker Kloß in meinem Hals gebildet hat.

Mein Kleiner nickt, als Arne im Flur erscheint.

»Hast du die Unterlagen dabei?«, fragt er mit eiskalter Stimme. Noch bevor ich ihm antworten kann, entdeckt er Friedrichs Pick-up. »Willst du mich provozieren?«, brüllt er mich so scharf an, dass ich ängstlich zusammenzucke. Doch ich habe mich schnell wieder im Griff.

»Nein, das ist nicht meine Absicht. Ich wäre mit *meinem* Wagen gekommen, wenn du ihn nicht vor mir versteckt hättest.«

Mit Argusaugen fixiert er den Umschlag in meiner Hand. Als er danach greifen will, weiche ich einen Schritt zurück. »Quid pro quo, Arne. Erst wenn beide Kinder im Auto sitzen, bekommst du das Kuvert.«

»Muriel«, schreit er in seiner gewohnten jähzornigen Art durchs Haus. Es dauert eine geschlagene Minute, bis meine Tochter völlig verängstigt in den Vorgarten tritt. Wortlos und ohne mich eines Blickes zu würdigen, marschiert sie an mir vorbei.

»Steck dir die Briefe sonst wohin und werde glücklich damit«, empfehle ich dem Despoten und werfe sie ihm vor die Füße.

Ich setze Joshi auf den Sitz und bitte Muriel, auch einzusteigen. Doch meine Tochter wirft mir einen verächtlichen Blick zu. »Mit dem fahre ich nicht mit!«

»Was soll das Theater, Süße? Das ist doch Friedrich. Er wird uns zum Elbstrand bringen. Dort habe ich ein Picknick für uns geplant. Inga, Marek und Mika kommen auch.«

»Mit dem Loser fahre ich nicht mit«, wiederholt sie mit Nachdruck. Wer ihr das Wort *Verlierer* beigebracht hat, liegt auf der Hand.

Mittlerweile hat Arne den Umschlag geöffnet. »Willst du mich für dumm verkaufen?«, brüllt er und kommt in großen Schritten auf mich zu.

Ich stehe auf dem Schlauch und habe keine Ahnung, was ihm jetzt schon wieder nicht passt.

»Was soll ich damit?«, raunzt er mich an.

»Aber das war es doch, was du im Austausch verlangt hast«, rechtfertige ich mich.

»Die Fahrzeugbriefe interessieren mich nicht. Ich will, dass du die Papiere aus dem Ordner rausrückst!«

Als ich höre, dass Friedrich aussteigt, um mir zu Hilfe zu eilen, drehe ich mich zu ihm um und hebe die Hand. »Bitte bleib. Ich regle das allein.«

»Den Deal kannst du vergessen, Valentine. Die Kinder bleiben hier!«, bölkt Arne und nimmt Muriel an die Hand.

Joshi weint. Er will nicht wieder aussteigen.

Nun bin ich es, der die Nerven durchgehen und die laut wird. »Was tust du unseren Kindern bloß an? Schämst du dich nicht?«

Arne stutzt, denn diesen Ton ist er von mir nicht gewohnt. Doch Arne wäre nicht Arne, wenn er nicht sofort weiter poltern würde. »Du hast es immer noch nicht begriffen, oder? Deinem sogenannten Beschützer bist du völlig egal! Er hat es bloß darauf abgesehen, sich an mir zu rächen. Wirf dich ihm nur weiter an den Hals! Aber halte mir später nicht vor, ich hätte dich nicht gewarnt.«

Ich könnte ihm schon jetzt einiges vorhalten. Aber dass er mich vor Friedrich gewarnt hat, gehört gewiss nicht dazu.

Es nützt nichts, Muriel gut zuzureden. Sie will partout nicht mitkommen. Während mein Herz in tausend Teile zerspringt, weil meine Tochter sich weigert, uns zu begleiten, klettere ich zu Joshi auf den Beifahrersitz. Mit zittrigen Händen schnalle ich uns an.

»Fahr los«, bitte ich Friedrich und kämpfe mit den Tränen. Meinen Kleinen während der Fahrt zu knuddeln kann den Schmerz, der in meiner Brust tobt, nur wenig lindern.

Ich bin fix und fertig, als wir am Elbstrand ankommen. Heute ist deutlich mehr Betrieb als beim letzten Mal.

Erstaunt reagiere ich, als Friedrich erklärt, dass er uns hier rauslassen wird. »Du kommst nicht mit?«

Er reibt sich die Augen. »Wenn ich gut vorankomme, stoße ich vielleicht später dazu.«

Ich rate ihm, sich erst eine Mütze Schlaf zu gönnen, bevor er sich an die Arbeit macht.

Lachend winkt er ab. »Schlaf wird völlig überbewertet.«

Nachdem er gefahren ist und ich den ganzen Strand nach meiner Familie abgesucht habe, steht fest, dass sie noch nicht angekommen sind. Ich schlage Joshi vor, dass wir bei Mikas Boot auf sie warten.

Noch immer zerbreche ich mir den Kopf, wie ich Arne zur Vernunft bringen kann, als eine vierköpfige Familie ausgerechnet den Platz belegt, den ich für uns vorgesehen habe.

Während die junge Mutter eine Decke ausbreitet, kickt der Vater einen Ball in die Luft und fordert die Kinder zu einem Spiel heraus. »Los, Dana, spiel mit«, ruft er seiner Frau zu.

Sie nickt und wendet sich lächelnd an ihre Tochter: »Mach auch mit, Trixi. Wir Frauen gegen die Männer.«

In null Komma nichts nimmt das Mädchen ihrem Bruder den Ball ab.

Zu sehen, welchen Spaß diese Familie hat, gibt mir den Rest. So ein Vergnügen war meinen Kindern und mir nie vergönnt.

Ungeduldig schaue ich auf meine Armbanduhr. Wo bleibt Inga denn?

Ich ziehe mein Handy aus der Hosentasche und rufe meine Schwester an.

»Tut mir leid, dass wir so spät dran sind«, entschuldigt sie sich. »Marek musste unbedingt noch auf der Baustelle vorbeischauen. Aber wir sind gleich da.«

Queen Claudius gibt sich die Ehre

Moritz

Ich war noch im Bad, als Friedrich sich klammheimlich verdrückt hat. Nun ist es zu spät, um ihm zu sagen, dass er sich eine andere Unterkunft suchen soll. Dennoch habe ich die felsenfeste Absicht, ihn noch heute vor die Tür zu setzen.

Es steht außerdem ein weiterer Punkt auf meiner To-do-Liste. Weil ich befürchte, dass Svenja sich noch einen Ersatzschlüssel hat anfertigen lassen, will ich auf Nummer sicher gehen und das Schloss auswechseln.

Nach einem schnellen Kaffee mache ich mich auf den Weg zum Baumarkt.

Als ich das Haus verlasse, wundere ich mich, dass zu dieser Zeit im Barber Shop noch nicht gearbeitet wird. Der Pick-up steht nicht auf dem Parkplatz. Deshalb vermute ich, dass Friedrich sich auch heute einen faulen Lenz macht. Wäre ich Projektleiter, würde ich ihm Beine machen. Marek wird es noch bitter bereuen, ihn engagiert zu haben.

Eine Stunde später stehe ich an der Kasse und zahle den neuen Schließzylinder mit Karte, als mein Handy klingelt.

Es ist Claudius, der wissen will, wo ich stecke. »Ich habe schon Sturm geklingelt. Aber niemand macht auf. Der Laden ist auch verschlossen. Wieso wird dort nicht gearbeitet? Was geht hier ab?«

»Raunz nicht mich an! Klär das gefälligst mit Marek«, knurre ich zurück.

»Ich habe ihn bereits angerufen und herzitiert. Er ist unterwegs.«

»Reg dich doch nicht so auf. Ich bin auch gleich da«, beruhige ich ihn und beende das Gespräch.

In Mareks Haut möchte ich jetzt nicht stecken, denke ich, denn ich ahne, was ihm blüht, wenn die Diva extra aus London angereist ist und sieht, dass es in der neuen Filiale nicht vorangeht.

Ich beeile mich, weil ich verhindern will, dass Claudius gänzlich ausrastet. Die Gefahr besteht, sollte er noch länger vor verschlossener Tür stehen.

Als ich eintreffe, fehlt von Claudius allerdings jede Spur. Stattdessen entdecke ich Mareks Kombi. Auf das Schlimmste gefasst, betrete ich die Baustelle. Doch statt den Eigentümer völlig aus der Fassung zu erleben, strahlt er über das ganze Gesicht.

»Ganz wunderbar. Dein Tischler hat es drauf«, lobt er Marek.

Ungläubig schaue ich mich um. Wann hat Friedrich denn die Frisierplätze fertiggestellt? Gestern waren die Wände doch noch nackt.

»Wo steckt der Meister?«, fragt der stolze Besitzer. »Ich würde ihm gern mein Lob aussprechen.«

Inga kommt mit Mika an der Hand aus der künftigen Lounge. »Er wird sicher gleich da sein. Meine Schwester hat mir gerade mitgeteilt, dass er sie bereits am Elbstrand abgesetzt hat.«

Valentine ist am Strand? Gerade will ich mich bei Inga vergewissern, ob ich sie richtig verstanden habe, als sie mich mit bitterbösen Blicken durchbohrt. Meine innere Stimme rät mir, sie besser nicht anzusprechen.

»Kommst du auch mit zum Boot, Brummer?«, fragt Mika seinen Gönner.

Claudius äußert sich vage. »Mal sehen.«

Der Kleine beschwert sich. »Mama und Papa haben mir immer noch nicht erlaubt, damit zu fahren.«

»Das wirst du auch heute nicht«, bestimmt Inga streng. »Dafür bist du noch viel zu klein.«

Mika ist mucksch und Claudius schaut sie konsterniert an. Er hat nach wie vor nicht begriffen, dass sein Geschenk ein absoluter Fehlkauf war.

»Können wir endlich los?«, drängelt Inga.

»Jepp«, antwortet Marek, als sich die Tür öffnet und Friedrich eintritt.

»Ist alles klargegangen?«, will Inga von ihm wissen.

Friedrich schüttelt den Kopf. »Arne hatte wieder seinen großen Auftritt und Muriel wollte nicht mit. Sie hat sich mit Händen und Füßen geweigert, zu mir ins Auto zu steigen. Valentine ist am Boden zerstört. Bitte heitere sie ein wenig auf. Sie kann es wirklich gebrauchen.«

»Worauf du dich verlassen kannst. Ich bringe sie schon auf andere Gedanken«, verspricht sie und verlässt von Mann und Kind gefolgt den Laden.

Ich will von Friedrich wissen, was Arne sich schon wieder geleistet hat, doch ich komme nicht dazu, denn er wird von Claudius in Beschlag genommen.

Mein reicher Freund stellt sich ihm mit Handschlag vor. »Du bist unsere Rettung, Friedrich. Chapeau! Du hast es wirklich drauf. Ich bin hellauf begeistert.«

Meine Begeisterung hält sich in Grenzen. Friedrich hat solide Arbeit geleistet. Mehr nicht.

»In diesem Bereich werde ich heute fertig«, erklärt er zuversichtlich. »Aber um den Rest kann ich mich erst kümmern, wenn der Maler durch ist.«

Ich verdrehe die Augen. Was für ein Wichtigtuer!

»Prima, ich sehe, du hast alles im Griff«, meint Claudius zufrieden und schenkt nun auch mir seine Aufmerksamkeit. »Kriege ich einen Kaffee bei dir?«

Ich nicke und verlasse mit ihm den Laden.

Endlich komme ich dazu, ihm eine Frage zu stellen. »Warum bist du gekommen? Vertraust du Marek etwa nicht?«

»Quatsch. Ich bin hier, weil ich am Montag die ersten Bewerber kennenlernen werde. Es stellen sich drei Frisörmeister vor.«

»Aber heute ist erst Samstag.«

Claudius grinst und klopft mir freundschaftlich auf die Schulter. »Genau, wir haben zwei ganze Tage, um uns mal wieder zu amüsieren.«

Das kann ja heiter werden.

Oben angekommen schließe ich auf und lasse Claudius den Vortritt. Mit stolzer Brust schreitet mein Freund sein Eigentum ab.

»Sehr weit bist du aber noch nicht gekommen«, stellt er fest und mustert die Umzugskisten in der Ecke. »Hast du Stress oder warum hast du deine Kartons noch nicht ausgepackt?«

Ich bin froh, dass Claudius von sich aus darauf zu sprechen kommt. Ohne Umschweife erkläre ich ihm, dass mir die Miete zu hoch ist. »Sobald ich was Passendes gefunden habe, ziehe ich wieder aus.«

Wie erwartet bleibt er bei seinem Standpunkt. »Die Miete ist angemessen.«

»Wenn das Penthouse in Hamburg oder Berlin-Mitte wäre, dann vielleicht. Allerdings würde ich selbst dort nicht so viel Geld ausgeben.«

»Aber ich bin dir doch schon entgegengekommen. Weil du Friedrich aufgenommen hast, brauchst du diesen Monat gar keine Miete zahlen. Und wenn du mir und Steve künftig ein Zimmer überlassen würdest, wäre ich sogar bereit, neu mit dir zu verhandeln.«

Ich fürchte, mich verhört zu haben. »Bitte?«

»Nun mal im Ernst, was willst du mit fünf Zimmern? Ich überlasse dir drei und verzichte auf die Hälfte der monatlichen Miete. Ist das nicht ein faires Angebot?«

Verärgert zeige ich Claudius einen Vogel. »Aus dem WG-Alter bin ich längst raus.«

Unbeeindruckt zuckt Claudius mit den Schultern. »Überleg es dir. Aber vergiss nicht, in welchem Loch du vorher gehaust hast.«

Das *Loch*, wie Claudius mein ehemaliges Appartement nennt, war zwar klein, aber es war *mein*.

»Es wäre doch nur temporär. Wenn es hochkommt, bin ich höchstens einmal im Monat für eine kurze Stippvisite da. Und Steve wird lediglich in der Anfangsphase hier zu tun haben. Sobald er die Barbiere eingearbeitet hat, verzieht er sich wieder.«

Nachdem ich Claudius einen Kaffee eingeschenkt habe, nehme ich meinen Werkzeugkoffer aus dem Schrank und mache mich daran, das Türschloss zu wechseln.

»Warum machst du das?«, will mein Vermieter wissen.

»Weil es nötig ist«, antworte ich knapp. Aber mit der lapidaren Antwort gibt er sich nicht zufrieden. Er besteht darauf, dass ich ihm die ganze Geschichte erzähle. Lückenlos berichte ich ihm.

»Sprichst du etwa von der Dicken, die du in der Kneipe abgeschleppt hast, als wir mit Marek einen draufgemacht haben?«

»Ja, Svenja. Ingas Kollegin.«

Claudius gluckst amüsiert. »Dass ausgerechnet ich dir beibringen muss, wie es läuft, ist schon ein Witz. Du darfst die Weiber nie bei dir zu Hause vögeln. Leg sie bei ihnen flach. Danach kannst du Tschüss sagen und einen Abgang auf Nimmerwiedersehen machen.«

»Danke für den Tipp, aber den brauche ich nicht mehr. Ich bin endgültig durch mit belanglosen Abenteuern.«

Claudius klopft sich vor Lachen auf die Schenkel. »Scheiße, Moritz! Sag mir jetzt nicht, dass du verknallt bist. Welche Muschi hat dich am Haken?«

»Rede von Valentine nicht als Muschi!«, herrsche ich ihn an. »Sie ist eine tolle Frau!«

Mein alter Freund zieht die Stirn in Falten. »Valentine? So heißt doch Ingas Schwester.«

»Ja, um sie geht es. Aber egal, was ich anstelle, sie weist mich zurück.«

Claudius lacht. »Die Frau, die dem Womanizer Moritz Steiner widerstehen kann, muss ich unbedingt kennenlernen. Pack dein Werkzeug ein und lass uns zum Elbstrand fahren.«

»Das bringt nichts. Ich fürchte, dein hochgelobter Schreinermeister ist mir schon zuvorgekommen.«

»Sprichst du von Friedrich?«

Ich nicke und bekomme wieder eine Stinkwut auf ihn.

»Der hat vorläufig genug zu tun und gewiss keine Zeit für Amouren. Also nutz die Gelegenheit und mach dich beliebt bei ihr. Ich weiß auch schon, wie. Lass uns für Mika und seinen Cousin Kinderschwimmwesten besorgen. Der Weg ins Herz einer Mutter führt immer über ihren Nachwuchs. So habe

111

ich mir auch Ingas Zuneigung erschlichen. Diese Kratzbürste konnte mich zuerst gar nicht leiden. Erst seit ich dem Kleinen ein Boot zum Geburtstag geschenkt habe, bin ich in ihrer Achtung um fünf Plätze gestiegen.«

Nun muss ich lachen. »Ganz sicher nicht! Inga hält dich nach wie vor für einen neureichen Spinner. Gerade, *weil* du Mika ein Ruderboot spendiert hast. Wie bist du eigentlich auf die absurde Idee gekommen, einem Fünfjährigen einen Zweier zu schenken?«

»Was heißt denn absurd? Weiß diese Frau nicht, was mich diese Anschaffung gekostet hat?«

»Doch, das weiß sie. Erst kürzlich hat sie sich darüber mokiert und gemeint, dass du Marek besser einen Firmenwagen besorgt hättest.«

Entsetzt reißt Claudius die Augen auf. »Die beiden haben noch immer keinen Zweitwagen? Meine Güte, in welch ärmlichen Verhältnissen lebt ihr bloß?«

Ich stöhne laut auf. »Komm mal wieder runter. Wir sind keine reichen Erben wie du. Marek und ich arbeiten hart für unser Auskommen.«

»Geld, Geld, Geld. Es ist doch immer das Gleiche.«

»Stimmt!«, pflichte ich ihm bei und stelle meine Tasse ab. »Besorgen wir lieber ein paar Schwimmwesten. Das war bisher der beste Vorschlag aus deinem Mund.«

VIER IN EINEM ZWEIER

VALENTINE

Meine Schmusestunde mit Joshi endet, als Mika mit seinen Eltern eintrifft. Die Jungs betteln Marek so lange an, bis er nachgibt und das Boot mit Ingas Hilfe vom Trailer nimmt. Zum Entsetzen meines Neffen setzen sie den Zweier nur in den Sand. Mit Obstsalat und Muffins gelingt es mir, die Enttäuschung der beiden Knirpse zu mildern.

Während Marek den Grill und die Kühltasche aus dem Auto holt, fordert Inga Details von meinem Zusammentreffen mit Arne. »Wieso wollte Muriel nicht mitkommen?«

Ich zucke mit den Achseln. »Ich vermute, dass ihr Vater sie einer Gehirnwäsche unterzogen hat. Er hat den Kindern eingeredet, Friedrich wäre der neue Mann an meiner Seite und der Grund, weshalb ich mich scheiden lasse.«

»Das ist ja auch einfacher, als eigene Fehler einzugestehen«, schimpft meine Schwester. »Hat sich der Raffzahn wenigstens gefreut, dass er seine Fahrzeugbriefe wiederbekommen hat?«

»Die wollte er gar nicht. Es ging ihm vielmehr um den Ordner, den ich mitgenommen habe, obwohl ich keine Ahnung habe, was an den Versicherungspolicen so wichtig sein soll.«

Inga streicht mir mitfühlend über den Rücken. »Muriel kriegt sich wieder ein. Sie wird schnell merken, dass sie mit ihrer Annahme falsch liegt. Sie liegt doch falsch, oder?«

»Ach, Inga«, setze ich an, als Marek sich mit voller Wucht vor uns auf den Boden wirft.

»Was herrscht denn hier für eine trübe Stimmung?«, fragt er und sieht erst mich, dann Inga nachdenklich an. »Es ist Wochenende, Mädels. Warum zieht ihr so ein Gesicht?«

Wir kommen nicht dazu, ihm zu antworten, denn der Typ vor uns hat ein Radio mitgebracht. Bisher erklang nur leise Musik aus den Lautsprechern, doch nun stellt er den Apparat lauter und fordert seine Dana auf, mit ihm zu tanzen. Sie ziert sich und guckt verlegen zu uns rüber.

»Stell dich nicht so an. Das ist doch dein Lieblingslied«, ruft er übermütig und zieht sie auf die Beine.

»Doch nicht vor allen Leuten, Frank«, kichert sie, schmiegt sich an ihn und lässt sich von ihm führen.

»Die beiden sind ein entzückendes Paar. Ich habe sie schon eine Weile beobachtet, bevor ihr gekommen seid«, schwärme ich. »Zudem ist der Mann ein ganz toller Vater. Du hättest sehen sollen, wie er mit seinen Kindern gespielt hat.«

»Und ein toller Tänzer ist er auch«, bemerkt Inga schmunzelnd. »Kein Vergleich zu Marek. Der lernt es nie.«

»Dafür habe ich andere Talente«, behauptet er und schaut Inga auffordernd an.

Sie streicht ihm zärtlich eine verirrte Haarsträhne aus der Stirn. »Ja, Schatz, die hast du unbestritten. Trotzdem wäre es schön, wenn wir unseren Hochzeitstanz nicht im Stechschritt absolvieren müssten.«

Die Vorstellung, dass Marek seine Braut in ihrem Traumkleid steif über das Parkett schiebt, bringt mich zum Lachen. Auch meine Schwester kichert.

»Es wird Zeit, dass ich männliche Unterstützung bekomme. Ihr Frauen seid eindeutig zu frech«, beschwert Marek sich und greift zum Telefon.

»Wen rufst du denn an?«, erkundigt Inga sich und setzt sich alarmiert auf. »Wage es nicht, Moritz herzubitten.«

»Zu spät. Er und Claudius sind bereits im Anmarsch«, kontert Marek, steckt sein Telefon in die Hosentasche und winkt den beiden zu.

Moritz grinst über das ganze Gesicht. Aber seine Freude gilt nicht mir, wie ich zunächst angenommen habe. Er marschiert zu dem Tanzpaar und begrüßt sie laut und begeistert: »Hey, das ist ja eine Überraschung! Lange nicht gesehen, Dana. Wie geht es euch?«

Wie es Dana geht, kann ich nicht verstehen. So sehr ich mich auch bemühe, ihr Gespräch zu belauschen, es gelingt mir nicht.

Marek ruft mich. Er will mir Claudius vorstellen. Ich gehe auf die beiden zu und reiche dem Mann die Hand, von dem ich schon so viel gehört habe.

»Wo sind die Kinder?«, will er von mir wissen. Ich deute auf den Zweier, der keine fünf Meter weit von uns entfernt im Sand liegt.

Entsetzt wendet er sich an Marek. »Das ist keine Sandkiste, sondern ein Boot! Wieso liegt es nicht im Wasser?«

Jetzt hat Mika Claudius erkannt. Mit den Worten »Brummer ist doch gekommen!« stürmt er auf ihn zu.

Claudius nimmt meinen Neffen auf den Arm und wirbelt ihn durch die Luft. »Das konnte ich mir nicht entgehen lassen.«

Bedauernd schüttelt Mika den Kopf. »Papa und Mama erlauben mir nicht, mit dem Boot zu fahren. Kannst du ihnen bitte sagen, dass du es mir geschenkt hast und sie es mir nicht verbieten dürfen?«

Obwohl Inga die Augen verdreht, traut Claudius sich, sie nach dem Grund zu fragen.

»Mika ist fünf! Du glaubst doch wohl nicht ernsthaft, dass ich ihm gestatte, allein damit in See zu stechen.«

Claudius macht sich gerade. »Erstens ist die Elbe ein Fluss, meine Liebe. Und zweitens hat niemand davon gesprochen, dass Mika allein rudern soll.«

Inga ist nicht überzeugt. »Es ist trotzdem zu gefährlich.«

Mika lässt das Argument seiner Mutter nicht gelten. »Aber ich kann schwimmen. Ich hab sogar schon mein Seepferdchen.«

»Und eine Schwimmweste hast du auch«, tönt Claudius. »Wo ist dein Cousin? Für ihn haben wir auch eine besorgt.«

Ich rufe meinen Sohn, der sich nur schüchtern nähert.

»Und wie heißt du, Kleiner?«, will Claudius wissen.

Joshi nennt ihm seinen Namen. Dann erkundigt er sich, ob es stimmt, dass er *Brummer* heißt.

Claudius strubbelt ihm lachend durch die Haare. »So dürfen mich nur die Jungs aus unserem Team nennen. Aber wenn du zu unserer Mannschaft gehören willst, dann darfst auch du ›Brummer‹ zu mir sagen.«

»Aber ich kann gar nicht rudern«, stammelt Joshi verlegen.

»Das kann Mika auch noch nicht. Ich kenne zum Glück zwei Männer, die es euch beibringen können.« Er dreht sich um und ruft nach Moritz, der sich noch immer mit Dana und Frank unterhält. »Los, Bugmann, komm her! Dein Talent ist gefragt.«

Inga ist weiterhin skeptisch. Erst als Marek ihr erklärt, dass er und Moritz sich die Kinder zwischen ihre Beine klemmen werden, entspannt sie sich.

Während Mika Feuer und Flamme ist, verhält Joshi sich zurückhaltend.

»Wenn er Angst hat, dann nimm mich doch mit«, ruft Danas Sohn Moritz zu.

116

»Du irrst dich, Patrick. Joshi ist kein Angsthase. Wenn er nicht mitwill, dann nur, weil er gerade keine Lust hat«, erklärt er dem Jungen.

Verblüfft über den unerwarteten Zuspruch entscheidet sich Joshi, doch einzusteigen. Frank hilft den Männern, das Boot ins Wasser zu bringen. Er wartet, bis alle sitzen, dann schiebt er sie an.

Während Claudius auf der Decke liegt und die letzten Muffins verdrückt, stehen Inga und ich am Ufer und beobachten jeden Ruderschlag. Der Spaß, den unsere Jungs offensichtlich haben, zaubert meiner Schwester und mir ein Lächeln ins Gesicht.

»Moritz erstaunt mich«, meint Inga beiläufig, während sie das Boot nicht aus den Augen lässt. »So viel Einfühlungsvermögen, wie er gerade mit Joshi an den Tag gelegt hat, hätte ich ihm gar nicht zugetraut. Trotzdem bleibe ich dabei. Er ist ein Arsch!«

»Moritz ist gewiss kein Arsch«, tönt es plötzlich hinter uns. »Er ist nach Frank der netteste Mann, den ich kenne.« Als wir uns umdrehen, entdecken wir Dana, die sich uns erbost nähert.

»Er ist ein Schürzenjäger erster Güte«, mische ich mich ein.

»Offensichtlich kennen Sie ihn nicht gut, sonst würden Sie nicht so über ihn reden«, fährt Dana mich an.

»Und woher kennen Sie ihn so gut, dass Sie sich ein Urteil erlauben können?«

»Abgesehen davon, dass er mir das Leben gerettet hat, war er mein Arbeitgeber.«

»Er hat Ihnen das Leben gerettet?«, hakt Inga nach.

Dana nickt ernst. »Moritz hat mich aus den Fängen meines brutalen Ehemannes befreit. Wäre er nicht gekommen, hätten meine Kinder heute keine Mutter mehr.«

Ich kann nicht glauben, was sie gerade berichtet. »Ihr Mann ist brutal und trotzdem tanzen Sie mit ihm am Strand?«

Lachend schüttelt sie den Kopf. »Ich rede doch nicht von Frank.« Sie deutet auf den Mann, den ich für den Vater ihrer Kinder gehalten habe. »Wir sind nicht verheiratet. Zum Glücklichsein brauchen wir keinen Trauschein.«

Dass die beiden glücklich sind, ist nicht zu übersehen. Ob ich nach Arne wohl auch irgendwann Fortune haben und einen Mann treffen werde, der mich und meine Kinder liebt?

Es gibt einen, dem ich das zutraue. Friedrich ist ein prima Kerl, mein bester Freund und ich bin ihm zu großem Dank verpflichtet. Aber reicht das?

KINDERMUND TUT WAHRHEIT KUND

MORITZ

Nach anfänglicher Skepsis genießt Joshi die Ruderfahrt. »Muriel wird sich ganz schön ärgern, dass sie nicht mitgekommen ist, wenn ich ihr erzähle, was wir heute gemacht haben.«

Marek stellt ihm die Frage, die auch mich interessiert. »Warum wollte Muriel nicht mit?«

»Sie wollte nicht zu Friedrich ins Auto steigen.«

Gutes Kind, denke ich, sage aber nichts, um den Redefluss des Kleinen nicht zu unterbrechen.

»Wir hätten ja auch gar nicht alle reingepasst. Sein Wagen hat vorne nur drei Sitze.«

»Besser, deine Mama hätte meinen Wagen genommen, um euch abzuholen«, erwidert Marek, der mit Mika vor uns sitzt. »In meinem Kombi hättet ihr alle Platz gehabt.«

Joshi schüttelt den Kopf. »Nee, auch dann wäre Muriel nicht mitgekommen. Sie ist sauer auf Mama, weil sie Friedrich heiraten will. Aber meine Schwester und ich werden nicht zu ihm nach Rostock ziehen. Da bleiben wir lieber bei Papa.«

Mir bleibt fast das Herz stehen. »Hat deine Mutter das denn vor?«

Joshi nickt. »Papa hat es uns erzählt. Er meint, dass sie es noch bitter bereuen wird, dass sie sich mit diesem Loser eingelassen hat.«

»Sag nicht *Loser*«, tadelt Marek den Kleinen.

Unter lautem Widerspruch der Jungs erreichen wir nach einer Viertelstunde das Ufer. Obwohl die beiden noch nicht aussteigen wollen, setzt Marek die Kinder ab und ruft nach Inga. »Na, willst du es auch mal versuchen?«

Lachend lehnt sie ab. »Und was ist mit dir, Valentine? Traust du dich?«

Auch sie schüttelt kichernd den Kopf.

»Wie kann man nur so faul sein?«, mokiert er sich über die Frauen, bevor wir gemeinsam das Boot zurück auf den Trailer schaffen.

Noch immer hallen Joshis Worte in mir nach. Dann stimmt es doch, was Friedrich behauptet hat. Valentine hat sich tatsächlich schon für ihn entschieden. Augenblicklich wird mir klar, dass ich sie mir aus dem Kopf schlagen muss.

»Ich verziehe mich jetzt. Habt noch viel Spaß«, erkläre ich meinem Kumpel.

Erstaunt richtet Marek sich auf. »Wieso denn das? Wir wollen doch noch grillen.«

»Ohne mich. Mir ist der Appetit vergangen.«

Ich verabschiede mich nur noch von Dana und Frank. Dann rausche ich schweren Herzens nach Hause.

UNVERHOFFT KOMMT OFT

VALENTINE

»Was hat Moritz denn vor?«, höre ich Claudius rufen. Er verlässt die Decke und schaut in Richtung Parkplatz. »Der kann doch nicht einfach abhauen und mich hier zurücklassen. Wie soll ich nun zurückkommen?«

Marek grinst. »Du könntest zur Abwechslung mal zu Fuß gehen. Ein bisschen Bewegung würde dir guttun, Brummer.«

»Keine dummen Sprüche über meine Figur«, kontert Claudius entrüstet und schirmt seine Augen vor der Sonne ab, während er Moritz nachschaut. »Wieso macht er sich denn einfach aus dem Staub?«

Er wird es wohl eilig haben, um zu seiner Freundin zu kommen, mutmaße ich im Stillen und besetze die Decke, bevor Claudius sie erneut mit seiner Leibesfülle in Beschlag nimmt.

»Wann wird der Grill angeschmissen?«, wechselt er das Thema.

Inga starrt ihn mit offenem Mund an. »Sag nicht, dass du schon wieder Hunger hast, nachdem du die ganzen Muffins verdrückt hast.«

»Keine dummen Sprüche über meine Figur«, wiederholt er und blickt gen Himmel. »Wenn ihr mich fragt, dann würde ich sagen, dass es bald Regen geben wird. Dahinten ziehen schon ganz dunkle Wolken auf.«

»Aber dich fragt keiner«, zischt Inga und öffnet die Kühlbox, um sich ein Wasser herauszunehmen.

»Deine Schwester kann mich wohl nicht leiden«, flüstert Claudius und setzt sich neben mich.

»Das kann ich mir nicht vorstellen. Abgesehen davon, dass du den halben Picknickkorb leergefuttert hast, bist du doch ganz verträglich.«

»Bei meiner Statur brauche ich immer ausreichend Nervennahrung«, rechtfertigt er sich.

»Bei deiner Statur solltest du mal über eine Diät nachdenken«, platzt es aus mir heraus.

Claudius schnaubt belustigt. »Na, dass ihr Schwestern seid, ist nicht zu leugnen.«

Augenblicklich tut mir meine Bemerkung leid und ich entschuldige mich.

»Schon gut, Valentine. Ich weiß ja selber, dass ich dringend etwas ändern muss. Aber das ist bei meinem Job nicht so leicht. Ich bin ständig unterwegs auf der Suche nach neuen Standorten für meine Läden. Bis gestern war ich in der Schweiz. Hast du eine Ahnung, wie lecker dort gekocht wird?«

»Nee, ich kenne nur Zürcher Geschnetzeltes.«

»Hm, köstlich, mir läuft allein beim Gedanken das Wasser im Mund zusammen.«

Um zu verhindern, dass Brummer noch sabbert, schneide ich ein anderes Thema an: »Friedrich hat mir gestern deinen neuen Laden gezeigt. Ich habe zuvor noch nie von einem *Gentleman-Club* gehört und bin sehr beeindruckt.«

»Wenn es am Montag mit den Bewerbern klappt, dann kann ich am nächsten Ersten eröffnen.«

»Das geht nicht«, widerspreche ich sofort. »Das ist der Samstag, an dem Inga und Marek heiraten.«

»Dann heiraten sie halt am Sonntag. Auf einen Tag später kommt es nach all der Zeit doch nicht mehr an.«

»Du hast wohl einen Knall«, raunze ich ihn an. »Es kommt überhaupt nicht infrage, dass die Hochzeit verschoben wird. Der Termin für die Trauung steht schon seit Wochen fest, und bis auf die Location habe ich bereits alles bis ins kleinste Detail geplant.«

»Du? Ich dachte, Moritz hätte sich mit dir darum gekümmert.«

Ich schlucke. »Ob ich allein oder mit Moritz zusammen ist doch völlig egal. Fakt ist, dass die Hochzeit weitaus wichtiger ist als deine blöde Eröffnung.«

»Blöde Eröffnung?«, wiederholt er und lässt sich lachend zurückfallen.

Angesichts seines zuckenden Waschbärbauchs wird mir klar, dass Claudius mich nur ärgern wollte.

»Du hast mich hochgenommen, oder?«

»Ja, sicher«, kichert er. »Du glaubst ja wohl nicht, dass ich den Hochzeitstermin meines Kumpels vergessen hätte.«

Er bittet mich, näher zu kommen, und flüstert mir zu, dass er mir etwas sagen möchte, was Marek und Inga nicht hören dürfen. Ich tue ihm den Gefallen und strecke ihm meinen Kopf entgegen.

»Ich habe das ideale Hochzeitsgeschenk für die beiden. Sie werden sich das Jawort in einem Heißluftballon geben. Wie findest du das?«

»Meine Schwester hat Höhenangst«, informiere ich ihn kopfschüttelnd. Der Mann kommt echt auf Ideen.

»Wirklich?« Enttäuscht weicht er wieder zurück. »Worüber würden sie sich denn freuen?«

Ich zucke mit den Achseln. »Das ist wirklich schwierig. Die beiden sind bereits wunschlos glücklich. Selbst ich habe mir schon tagelang den Kopf zerbrochen und überlegt, was ihnen gefallen würde.«

»Und? Zu welchem Ergebnis bist du gekommen?«

»Ich werde ihnen einen Kaffeevollautomaten schenken. Den hat Inga sich schon lange gewünscht.«

»Ein Küchengerät. Wie romantisch.«

Das lasse ich nicht auf mir sitzen. »Außerdem sorge ich dafür, dass die beiden eine unvergessliche Hochzeitsnacht bekommen. Friedrich überlässt ihnen sein Bootshaus. Ich werde es hübsch dekorieren. Das ist das Mindeste, wenn sie schon keine Hochzeitsreise machen können.«

Erste Tropfen fallen vom Himmel.

»Mist«, schimpft Inga, die gerade im Begriff ist, Kohle in den Grill zu schütten.

»Hab ich es nicht gesagt!«, ruft Claudius.

»Ja, du Klugscheißer, das hast du«, raunzt Marek ihn an. »Nun pack schnell mit an, damit wir all das Zeug noch halbwegs trocken ins Auto schaffen können.«

Fünf Minuten später quetschen Inga und ich uns mit den Kindern auf die Rückbank, während Brummer bequem vorne sitzt und sich in sein Penthouse kutschieren lässt.

Als er sich von uns verabschiedet, zwinkert er mir zu. »Es war mir ein Vergnügen, dich kennenzulernen. Moritz hatte vollkommen recht. Du bist wirklich eine beeindruckende Frau.«

Inga zieht auf den Beifahrersitz um. Nun hockt Joshi am Fenster. Als er den Pick-up entdeckt, der direkt vor dem Laden parkt, platzt es aus ihm heraus. »Ich bin froh, dass Friedrich nicht mitgekommen ist. Ich mag ihn nicht mehr.«

Verblüfft frage ihn, warum er seine Meinung geändert hat. »Du mochtest ihn doch bisher sehr gerne. Wenn er zu unserem Ferienhaus gekommen ist, hast du dich jedes Mal gefreut.«

»Aber er ist nicht mein Vater«, kontert mein Filius wie aus der Pistole geschossen.

Ich behalte die Ruhe und spreche in sanfter Tonlage zu ihm. »Natürlich ist er das nicht. Er ist nur ein guter Freund.«

Aber damit gibt Joshi sich nicht zufrieden. Mit großen Augen schaut er mich an. »Liebst du ihn?«

Was für eine Frage für einen Siebenjährigen? Mir ist sofort klar, dass sie nicht auf seinem Mist gewachsen ist.

»Ich liebe nur dich und deine Schwester.«

»Aber Papa sagt …«

Ich unterbreche meinen Sohn und greife nach seiner Hand. »Glaub mir. Du und Muriel, ihr seid das Wichtigste für mich.«

»Warum wohnen wir dann nicht mehr zusammen?«

Meine Brust wird eng. Ich kann meinem Sohn unmöglich erklären, dass ich Arnes Lieblosigkeit nicht mehr ertrage. Obwohl ich es nicht nachvollziehen kann, hängt Joshi an seinem Vater. Weil ich will, dass es so bleibt, gebe ich nicht Arne die Schuld am Scheitern unserer Ehe. »Wenn Papa und ich zusammen sind, streiten wir ständig. Das ist nicht gut. Deshalb wohne ich bei Inga.«

»Warum wohnt Papa nicht bei ihr? Er braucht nur ein Zimmer.«

Sein Vorschlag zaubert mir ein Lächeln ins Gesicht. »Das ist grundsätzlich eine sehr gute Idee, allerdings glaube ich nicht, dass Inga damit einverstanden wäre. Sie ist schließlich meine und nicht seine Schwester.«

»Aber Papa könnte doch auch an die Ostsee ziehen und du kommst wieder zu Muriel und mir nach Hause.«

Die Gedanken, die mein Kleiner sich macht, zeigen deutlich, wie sehr er mich vermisst. Zu sehen, wie er unter der Situation leidet, nimmt mir die Luft zum Atmen.

»Wir finden eine Lösung«, verspreche ich ihm, obwohl ich keine Ahnung habe, wie die aussehen könnte.

Im strömenden Regen kommen wir in Hamburg an. Statt Würstchen zu grillen, bestellen wir Pizza satt, die wir im Wohnzimmer vor dem Fernseher verdrücken.

»Hier ist es viel gemütlicher, als bei Papa«, erklärt Joshi mit vollem Mund. »Er würde nie erlauben, dass wir auf dem Sofa lümmeln und essen.«

Wie recht mein Sohn hat. Das würde Arne nie gestatten.

»Bleibst du jetzt für immer?«, fragt Mika hoffnungsvoll.

»Ich darf leider nur bis Sonntag hier sein, dann muss ich wieder zurück«, antwortet Joshi und verzieht traurig das Gesicht. Gegen das plötzlich auftretende Kneifen in meiner Nase hilft nur eins. Ich plustere meine Nüstern auf und verlasse das Wohnzimmer. Erst in der Küche stelle ich mein Handy an und wähle Arnes Nummer.

Er meldet sich nach dem dritten Klingeln.

»Wir müssen reden«, beginne ich. »Joshi möchte bei mir bleiben.«

Der Vater meiner Kinder lacht spöttisch auf. »Das könnte dir so passen. Du bringst ihn morgen zurück. Tust du es nicht, hetze ich dir die Polizei auf den Hals.«

Ich überhöre seine Drohung und bleibe sachlich. »Mal davon abgesehen, dass du dazu gar nicht das Recht hast, weil erst das Gericht über das Aufenthaltsbestimmungsrecht entscheiden muss, möchte ich dir sagen, dass unser Sohn todunglücklich ist. Das kannst du doch nicht wollen, oder doch?«

Nach einer kurzen Pause fordert Arne, selbst mit Joshi zu sprechen. »Hol ihn mir ans Telefon. Ich will es aus seinem Mund hören.«

Ich zögere, denn ich weiß nicht, ob das eine gute Idee ist. Letztendlich rufe ich ihn aber doch. »Papa möchte mit dir sprechen.«

Ich stelle das Telefon auf Mithören und reiche meinem Sohn den Apparat.

»Ja?«, fragt er leise.

»Stimmt es, was deine Mutter sagt? Du möchtest lieber bei ihr bleiben?«

Völlig verunsichert schaut Joshi mich an. Dann ringt er sich durch, die Frage zu bejahen.

»Dann hast du Friedrich lieber als mich?«, knurrt Arne. »Du bist mir ja ein feiner Sohn.«

Ich schüttle fassungslos den Kopf, während Joshis Wangen hochrot anlaufen.

»Quatsch!«, ruft er zu meiner Verblüffung aus. »Mama liebt ihn gar nicht. Sie liebt nur Muriel und mich.«

Höhnisches Lachen erklingt durch die Leitung. »Hast du dich mal gefragt, warum sie das Wochenende mit ihm verbringt?«

»Friedrich war gar nicht mit am Strand. Er hat uns bloß abgeholt, weil Mama kein Auto mehr hat. Warum gibst du es ihr nicht zurück?«

Ich staune Bauklötze. Statt einen teuren Anwalt zu bezahlen, hätte ich besser Joshi die Verhandlungen übertragen sollen, denn wider Erwarten ist Arne einverstanden. »Wenn es dein Wunsch ist, will ich mich nicht querstellen.«

Überglücklich gibt Joshi mir das Telefon zurück und flitzt ins Wohnzimmer, um die tolle Nachricht zu vermelden.

»Danke«, krächze ich über Arnes Schnauben hinweg.

»Wir treffen uns am Montagmorgen vor der Schule. Bring den Ordner mit. Anschließend fahren wir zu mir ins Büro und klären unsere Angelegenheiten.«

»Einverstanden«, erkläre ich und frage nach Muriel. »Ich würde auch gern mit ihr sprechen.«

»Sie aber nicht mit dir! Bis Montag. Sei pünktlich!«

Ohne Gruß hat er aufgelegt. Egal. Ich rege mich nicht auf. Schließlich bin ich viel zu froh, einen Teilerfolg erzielt zu haben.

Abends bestehen die Jungs darauf, zusammen zu schlafen. Gemeinsam mit Inga bringe ich sie ins Bett. Weil Mika noch eine Gutenachtgeschichte von Inga hören will, gebe ich Joshi einen Kuss auf die Stirn und verziehe mich in die Mansarde.

Ich schnappe mir den Ordner und durchforste Seite für Seite: Haftpflicht-, Hausrat- und Kfz-Versicherungen geben mir keinen Aufschluss darüber, warum Arne so vehement auf die Herausgabe der Policen drängt.

Wenig später späht Inga durch den Türrahmen. »Was machst du hier so allein? Komm doch runter. Marek hat einen Film bestellt.«

»Macht euch allein einen gemütlichen Abend. Ich bin geschafft.«

Doch meine Schwester lässt nicht locker. Sie tritt ins Zimmer und lugt über meine Schulter.

»Was ist an den Unterlagen so interessant, dass du dafür eine schnulzige Romanze sausen lässt?«

»Dieser Ordner«, erkläre ich geistesabwesend, während ich durch die Papiere blättere. »Ich frage mich, warum Arne dermaßen wild auf ihn ist.«

»Zeig mal her!«

Wir wechseln die Plätze. Nun stehe ich hinter Inga, die nicht nur durch die Seiten blättert wie ich zuvor, sondern jeden einzelnen Vertrag aus der Schutzfolie nimmt. »Was ist denn das?«, stößt sie plötzlich hervor und breitet alle Blätter aus, die hinter der Hausratversicherung gesteckt haben.

»Gebäudeversicherung«, lese ich laut vor.

»Aber der Versicherungsnehmer ist eine Limited. Ich dachte, Arnes Firma wäre eine GmbH.«

Davon bin ich bisher auch ausgegangen. Ich nehme das Deckblatt genauer unter die Lupe. »Sieh dir mal die Adresse an. Das ist die unseres Ferienhauses. Aber das ergibt doch keinen

Sinn. Arne hat an der Ostsee als Privatmann gebaut. Er steht allein im Grundbuch. Ich weiß es genau.«

»Wieso schließt dann diese ominöse Limited eine Feuer- und Gebäudeversicherung für euer Haus ab?«

»Danach werde ich ihn gleich am Montag fragen.«

SEXY DANA ON THE BEACH

MORITZ

Es ist so, wie ich es Valentine gesagt habe. Ich esse gern gut, aber ich habe einfach keine Lust, für mich allein zu kochen. Der Aufwand würde sich lohnen, wenn ich meinen Mitbewohner einbeziehen würde, doch das kommt für mich nicht infrage. Noch immer wundere ich mich, was Valentine von diesem Mann will. Es ist doch offensichtlich, dass Friedrich nicht in ihrer Liga spielt. Vermutlich war sie so verzweifelt, dass sie den Erstbesten genommen hat, um sich aus ihrer lieblosen Ehe zu lösen.

»Du warst halt zu spät«, erkläre ich meinem Spiegelbild im Bad. »Und wer zu spät kommt, den bestraft das Leben«, füge ich noch an, als irgendwo in der Wohnung ein Handy bimmelt. Meins ist es nicht, denn das trage ich stets bei mir.

Ich folge dem Geräusch und lande am Ende des Flurs vor dem Zimmer, das Friedrich okkupiert hat. Weil ich weiß, dass er unten im Laden arbeitet, trete ich ungeniert hinein und entdecke sein Smartphone auf der Fensterbank. Das Display zeigt mir das Foto einer Frau, die sich den Zeigefinger auf ihre roten Lippen legt. Der Name *Silvana* wird angezeigt. Einen Moment lang bin ich versucht, den Anruf anzunehmen. Aber bis ich mich dazu durchgerungen habe, hat sie bereits aufgelegt.

Gleich darauf ertönt ein Signal, das den Eingang einer SMS ankündigt. Nun kann ich meine Neugierde nicht mehr bremsen und fixiere das Display, auf dem der erste Satz ihrer Nachricht zu lesen ist.

Heute Abend bei mir. Ich habe ...

»Na, was hast du denn?«, murmle ich. »Etwa Sehnsucht nach dem alten Holzwurm?«

Leise Hoffnung keimt in mir auf. Vielleicht ist Friedrich doch nicht so ungebunden, wie Valentine annimmt. Zu gern möchte ich wissen, wer diese Silvana mit dem roten Kussmund ist. Ohne die SMS zu öffnen, verlasse ich das Zimmer.

Ich zwinge mich, nicht weiter an Valentine zu denken, und entscheide, mir ein opulentes Mahl beim Italiener zu gönnen.

Bevor ich das Haus verlasse, will ich Friedrich einen Schlüssel für das neue Schloss vorbeibringen. Seinetwegen werde ich mir nämlich nicht Claudius´ Angebot durch die Lappen gehen lassen. Einen Monat mietfrei zu wohnen, wiegt mehr als mein Groll auf ihn.

Friedrich registriert durchaus, dass ich den Laden betrete. Trotzdem nimmt er keine Notiz von mir. Er arbeitet stur weiter, obwohl es ein Leichtes wäre, den Schraubenzieher für einen Moment aus der Hand zu legen. Ich warte nicht länger darauf, dass er sich herablässt und mir seine Aufmerksamkeit schenkt, sondern rufe ihm zu: »Hier ist dein Schlüssel. Bitte verliere ihn nicht. Ich habe keine Lust, noch einmal das Schloss zu wechseln.«

Nun blickt er doch auf und ich werfe den einzelnen Schlüssel zu ihm rüber. Dass Friedrich danebengreift, verwundert mich nicht. Ich habe mir gleich gedacht, dass dieser Blödmann nicht fangen kann.

Beim Italiener herrscht reger Betrieb. Kein Wunder, denn es regnet nicht nur Bindfäden, es bläst auch ein rauer Wind. Bis auf den Katzentisch direkt an der Eingangstür, an dem es bekanntermaßen wie Hechtsuppe zieht, sind alle Plätze besetzt. *Also doch Spaghetti to go,* denke ich, als Frank mir unerwartet zuwinkt.

»Setz dich doch zu uns. Wir rücken zusammen«, schlägt er vor. Ich überlege nicht lange und nehme sein Angebot an. Die vier haben die Hauptspeise schon hinter sich und warten auf die Rechnung.

»Euch hat wohl der Regen hergetrieben«, mutmaße ich. Dana nickt und beteuert, dass sie nach der langen Hitzewelle froh über ein wenig Abkühlung sei.

Emotionslos stimme ich ihr zu. »Über zu wenig Sonne dürfen wir uns wirklich nicht beschweren.«

»Das käme mir bestimmt nicht in den Sinn. Ich habe wirklich keinen Grund zur Klage. Nicht nur privat, auch jobmäßig läuft es rund bei mir. Seit letztem Monat ist meine Probezeit im Einwohnermeldeamt vorbei und ich wurde fest übernommen. Sollte dein Pass mal abgelaufen sein, werde ich mich darum kümmern.«

»Was soll ich mit einem Reisepass? Den brauche ich so wenig wie einen Kropf. An Urlaub ist zurzeit nicht zu denken.«

Dana schaut mich prüfend an. »Was ist bloß los mit dir, Moritz? So niedergeschlagen kenne ich dich gar nicht. Wo ist dein bezauberndes Lächeln geblieben?«

Ich winke ab und schaue in die Speisekarte. Aber Dana lässt nicht locker. »Hat deine angekratzte Stimmung mit den beiden Frauen vom Strand zu tun?«

Ich richte meinen fragenden Blick auf die Karte.

»Eine von den beiden hat dich einen *Schürzenjäger* genannt. Die andere hatte noch eine weitaus schlimmere Bezeichnung für dich, die ich vor den Kindern allerdings nicht wiederholen werde.«

»Wer von den beiden hat was gesagt?«

»Ist doch egal. Sie waren sich auf jeden Fall einig.«

»Bist du sicher, dass von mir die Rede war?«

»Heißt du Moritz oder *Moritz*?«

Das verstehe, wer will. Ich nicht!

»Nehmen wir noch einen Absacker?«, fragt Frank in die Runde. Er scheint in Spendierlaune zu sein und bestellt fünf *Sexy Dana on the Beach*. »Aber bitte alkoholfrei«, gibt er dem Ober mit auf den Weg.

»Sexy *Dana* on the Beach? Was soll das denn sein?«, erkundige ich mich. Ich kenne *Sex on the Beach*, aber was Dana damit zu tun haben soll, erklärt sich mir nicht.

Sie grinst und imitiert einen Barmixer. »Frank hat mir zum Geburtstag einen Kurs geschenkt. An zwei Wochenenden habe ich gelernt, wie man Drinks zubereitet. Mit meiner Kreation habe ich den Vogel abgeschossen. Ich habe den Wirt von hier probieren lassen und er hat den Cocktail sofort auf die Karte gesetzt.«

Dana ist nicht wiederzuerkennen. Sie sprüht regelrecht vor Lebensfreude. Mit der verängstigten und unsicheren Frau von einst hat sie nichts mehr gemein.

Frank holt sein Handy raus und überprüft seinen Kalender. »Wenn ich es richtig notiert habe, bist du beim nächsten Mal als Gastgeber dran. Dann lernen wir endlich mal deine neue Wohnung kennen.«

Irritiert schaue ich auf. »Wann ist denn der nächste Kartenabend?«

»Wie immer am letzten Freitag im Monat.«

»Bist du sicher, dass ich dran bin? Ich dachte, wir würden uns bei Simon treffen.«

Noch einmal wischt er über das Display. Gleich darauf nickt er. »So sicher, wie ich mir bin, dass ich am Montag den Laden in deinem Erdgeschoss streichen soll.«

Okay, das weiß ich. Schließlich habe ich Marek den Tipp gegeben, Malermeister Frank Münster zu beauftragen.

Der Kellner serviert fünf quietschgelbe Drinks. Ich probiere und schmecke vornehmlich Ananas heraus. Irgendwie erinnert mich der Cocktail an das Gesöff, das in der Berliner Saftbar ausgeschenkt wird.

Ungeduldig wartet Dana auf meine Reaktion. »Und? Was sagst du dazu?«

»Wirklich lecker. Den solltest du dir patentieren lassen.«

Sie lacht. »Das geht leider nicht. Aber wenn du weitere Kreationen von mir probieren willst, dann komm im nächsten Monat zum Stadtfest. Dort werden wir *Spitzenweiber* einen Stand betreiben und leckere Drinks für den guten Zweck verkaufen.«

Ich stimme sofort zu, denn das wäre eine tolle Gelegenheit, Stine und Franziska mal wiederzusehen. Zwar gehört auch Lore zu der Weibertruppe, aber die treffe ich häufiger, als mir lieb ist.

Gerade habe ich mich für ein Gericht entschieden und will bestellen, als Claudius mich anruft. Weil ich schon weiß, wie seine Frage lauten wird, komme ich ihm zuvor. »Ich bin beim Italiener.«

»Dann bring mir auch was mit. Ich habe einen Bärenhunger.«

»Wann hast du mal keinen Hunger«, erwidere ich und frage den Fresssack, ob er sich mit einem Nudelgericht zufriedengeben würde.

»Mir ist alles recht. Hauptsache, es geht schnell.«

Zehn Minuten später verlasse ich das Lokal mit zwei Portionen *Pasta mista*.

Claudius wartet nicht, bis ich Teller auf den Tisch stelle. Hastig reißt er den Aludeckel von der Schale und futtert direkt aus der Verpackung.

Ich schaue ihn kopfschüttelnd an. »Meine Güte. Hast du gar keine Manieren?«

»Ich habe Hunger«, rechtfertigt er sich und meint, dass er mir nur Arbeit ersparen will. »Schließlich wird die Dicke künftig nicht mehr kommen und für den Abwasch sorgen, nachdem du das Schloss ausgetauscht hast.«

Svenja! Plötzlich fällt es mir wie Schuppen von den Augen. Dass Inga und Valentine mich für einen Schürzenjäger halten, kann nur mit ihr zu tun haben. Das wird Valentine gemeint haben, als sie im Biergarten von den Schmetterlingen gesprochen hat, die von Blüte zu Blüte fliegen. Bei der nächsten Gelegenheit werde ich klarstellen, dass ich kein Frauenheld bin und diese Person nie eine Rolle in meinem Leben gespielt hat.

Ich höre Schließgeräusche. Friedrich ist gekommen.

Er lugt bloß kurz in die Küche. »Ich bin so weit fertig. Jetzt mache ich Feierabend.« Nach seiner Verkündung verdrückt er sich in sein Zimmer.

Claudius geht ihm nach. »Komm doch in die Küche und iss was mit uns. Moritz hat Pasta vom Italiener mitgebracht«, bietet er lautstark an.

So weit kommt es noch, denke ich. Jemand, der mir die Traumfrau ausspannt, bekommt gewiss nichts von meinem Essen ab. Andererseits sagen mir die Ravioli ohnehin nicht zu. Die Füllung ist undefinierbar und schmeckt irgendwie ekelig. Noch bevor die beiden am Tisch erscheinen, würze ich die Teigtaschen mit reichlich Tabasco und Salz nach, bis sie ungenießbar sind.

Friedrich ist sich nicht sicher, ob er willkommen ist.

»Logisch! Hau rein und lass es dir schmecken«, erkläre ich und muss mir das Grinsen verkneifen.

Schon nach dem ersten Bissen verzieht er das Gesicht.

»Nicht gut?«, frage ich listig und jubiliere innerlich.

»Hunger treibt's rein«, behauptet er und mampft tapfer weiter, bis sein Telefon klingelt.

Sofort lässt er das Besteck fallen und rennt in sein Zimmer. Ich vermute, dass es die rote Lippe Silvana ist und stelle meine Lauscher auf.

»Das freut mich für dich. Und für den Kleinen natürlich auch. Lass Muriel ein wenig Zeit. Auch sie wird ihre Entscheidung schon bald ändern.«

Mir ist augenblicklich klar, dass er mit Valentine telefoniert. Ich schleiche in den Flur, um besser hören zu können, was er mit ihr zu bequatschen hat.

»Ich bin vorläufig fertig mit der Arbeit. Was hältst du davon, den morgigen Sonntag mit mir zu verbringen?«

Bitte, lass sie ablehnen und ihm einen Korb geben, bete ich lautlos.

»Ja, das verstehe ich«, erwidert er sichtlich enttäuscht, gibt sich jedoch noch nicht geschlagen und setzt nach. »Und wie wäre es am Montag, wenn der Kleine in der Schule ist?« – »Und danach? Wir könnten uns zum Brunchen verabreden.« – »Ja, melde dich, wenn du zurück bist.«

Yeah! Sie hat ihm eine Abfuhr erteilt. Höchst zufrieden flitze ich zurück und lasse mich auf meinen Platz fallen.

»Weshalb grinst du so?«, will Claudius wissen.

Ich zeige mit dem Daumen über meine Schulter in Richtung Flur und flüstere: »Er wollte sich morgen mit Valentine verabreden, aber sie hat abgelehnt.«

Offensichtlich habe ich nicht leise genug gesprochen, denn Friedrich hat jedes meiner Worte verstanden. »Du freust dich zu früh. Ich werde Valentine am Montag ausführen.« Angewidert deutet er auf die Ravioli. »Und zwar in ein Restaurant, wo es genießbares Essen gibt.«

Mich durchfährt ein Geistesblitz. »Am Montag wirst du keine Zeit haben, sondern dich um die Einbauten in der Lounge kümmern müssen.«

»Das kann ich erst, wenn der Maler fertig ist.«

»Glaub mir! Er wird morgen fertig«, pariere ich und eile in mein Schlafzimmer, um ungestört bei Frank anzurufen.

Ohne Umschweife richte ich meine Bitte an ihn. »Du musst mir einen großen Gefallen tun.«

Nach einer knappen Erklärung ist er bereit, unter einer Voraussetzung am Sonntag zu arbeiten. »Aber nur, wenn du mir hilfst.«

Ich stimme sofort zu. Was macht man nicht alles aus Liebe?

Ganz klein mit Hut

Valentine

Dass Joshi seinen Vater vor der Schule mit Küsschen begrüßt, während Muriel mir nur einen unversöhnlichen Blick zuwirft und wortlos an mir vorbeistiefelt, setzt mir gewaltig zu. *Was hast du mit unserer Tochter angestellt*, möchte ich Arne anbrüllen, aber ich spare mir diese Frage auf. Sobald ich in seinen Wagen steige, um wie vereinbart mit ihm in die Firma zu fahren, werde ich sie ihm stellen.

Doch er kommt mir zuvor. »Hast du den Ordner dabei?«

»Hab ich«, entgegne ich kurz, verheimliche ihm jedoch, dass ich Kopien von allen Verträgen angefertigt habe.

Noch bevor er abfährt, schaut er prüfend gen Himmel. »Da braut sich was zusammen.«

»Wen interessiert das Wetter? Ich denke, wir haben Wichtigeres zu besprechen.«

»Ja. Das müssen wir sogar ganz dringend.«

Ich beherzige Ingas Rat und verhalte mich abwartend. Sie weiß, wie man Verhandlungen führt. Damit ich mich taktisch richtig verhalte, hat sie mich gestern Abend noch stundenlang gebrieft. »Hör dir erst an, was er zu sagen hat. Bleib ruhig und verzichte auf Vorwürfe. Es geht nicht mehr darum, was er dir angetan hat, sondern nur noch darum, wie es künftig weitergehen soll«, hat sie mir empfohlen.

Nach zehn Minuten des Schweigens erreichen wir sein Geschäftsgebäude. Er fährt in die Tiefgarage, in der ich sofort meinen SUV entdecke. Ich hätte mir gleich denken können, dass er den Wagen hier versteckt hat.

Mir entweicht ein leises »Tss«.

Es bleibt nicht unbemerkt. »Den Zweitschlüssel hast du ja schon. Wenn wir uns einig werden, kannst du den Wagen mitnehmen«, erklärt er generös.

Ich folge ihm in den Fahrstuhl. Als ich erkenne, dass die dritte Etage mit *Bavita Limited* ausgeschildert ist, kann ich mich nicht mehr zurückhalten. »Was hat das zu bedeuten? Wieso ist deine Firma eine Limited und keine GmbH mehr?«

Anders, als ich es von Arne in letzter Zeit gewohnt bin, schlägt er einen freundlichen Ton an. »Lass uns erst reingehen. Dann erkläre ich es dir.«

Ich spüre seine Hand auf meinem Rücken. Sanft drückt er mich durch die Tür. Verwundert stelle ich fest, dass eine ungewohnte Stille herrscht. Außer am Empfang ist kein Mitarbeiter zugegen. Seine neue und mir unbekannte Sekretärin erhebt sich sofort und begrüßt uns.

Ich nicke ihr nur zu, während Arne seinen Mantel ablegt und ihn auf ihren Schreibtisch feuert. »Guten Morgen. Würden Sie uns bitte einen Kaffee bringen? Und stellen Sie vorläufig keine Gespräche durch. Ich bin für niemanden zu sprechen und möchte nicht gestört werden.«

»Selbstverständlich«, antwortet sie artig und verlässt ihren Posten.

Sobald wir das Chefbüro erreicht haben und Arne die Tür hinter uns geschlossen hat, ist es vorbei mit meiner Geduld. »Was ist hier los?«

Er holt tief Luft und schleicht um seinen monströsen Schreibtisch. Noch bevor er sich in den breiten Sessel fallen lässt, bietet er mir einen Platz an.

Ich ziehe es vor, stehen zu bleiben. »Also bitte! Fang endlich an, zu reden. Ich bin nicht zum Kaffeetrinken hergekommen.«

Arne kneift die Lippen zusammen. Zögerlich und mit gesenktem Kopf klärt er mich auf.

»Schon im letzten Jahr ist die Firma in Schieflage geraten. Ich musste handeln, bevor die Gläubiger zuschlagen.«

»Schon im letzten Jahr? Und das erfahre ich erst jetzt?«

»Ich wollte dich damit nicht belasten. Aber nun komme ich nicht umhin, dir alles zu sagen. Wenn du nicht willst, dass wir alles verlieren, musst du diese Papiere unterschreiben.«

Er legt eine Mappe auf den Tisch und reicht mir den teuren Füllfederhalter, den ich ihm zum zehnjährigen Hochzeitstag geschenkt habe.

Ich schlage ihm den Stift aus der Hand. »Erzählst du mir gerade, dass du pleite bist?«

»So weit muss es nicht kommen, wenn du unterschreibst.«

Die Tür öffnet sich und seine letzte Angestellte stellt ein Tablett mit Kanne und Tassen auf den Tisch. Als sie uns einschenken will, winkt Arne ab. »Das ist nicht nötig, Silvana. Wir kommen allein zurecht.«

Wortlos zieht sie sich zurück.

»Wie konnte das passieren?«, pflaume ich ihn an.

Arne besitzt die Frechheit und gibt mir die Schuld. »Hättest du dich nicht mit Friedrich eingelassen, hätte das alles verhindert werden können.«

»Was haben wir damit zu tun, dass du das Unternehmen an die Wand gefahren hast?«

»Der ganze Ärger hat angefangen, als du mit ihm angebändelt hast.«

Ich fasse mir an den Kopf. »Du spinnst, Arne! Wenn du einen Sündenbock suchst, dann schau in den Spiegel. Zum allerletzten Mal: Ich habe nichts mit Friedrich! Und ich werde niemals etwas mit ihm haben! Du kannst aufhören, dir und den Kindern diesen Blödsinn einzureden.«

»Dann lass uns über die Kinder sprechen. Sie werden nämlich ihr Elternhaus verlieren, wenn du diese Verträge nicht unterzeichnest. Hast du dir mal überlegt, wovon du und die beiden künftig leben wollt? Ich werde nicht in der Lage sein, für euch zu sorgen, sollte ich wegen Betruges in den Knast wandern. Dir wird nichts anderes übrig bleiben, als Sozialhilfe zu beantragen. Willst du es wirklich darauf ankommen lassen?«

Ich schlage mir entsetzt die Hände ins Gesicht. »Dir droht Gefängnis?«

Er schaut betreten zu Boden und fährt mit belegter Stimme fort. »Einige meiner Gläubiger haben sich zusammengeschlossen und Strafanzeige gestellt.«

Mir bleibt die Luft weg. Zwar habe ich Arne schon unzählige Male die Pest an den Hals gewünscht, aber dass der Vater meiner Kinder ins Gefängnis wandert, kann ich nicht zulassen.

»Wenn du nicht unverzüglich als Gesellschafterin auftrittst, ist alles futsch!«

»Ich überlege es mir«, erkläre ich und nehme die Mappe vom Tisch. »Sobald ich alles sorgfältig gelesen habe, melde ich mich bei dir.«

Arne will mich aufhalten. Doch ich mache ihm klar, dass er mich besser nicht unter Druck setzen sollte. »Die Zeiten haben sich geändert. Du bist nicht mehr in der Position, mir Vorschriften zu machen.«

Ich verlasse sein Büro und marschiere in Richtung Empfang, wo ich noch immer seine Stimme hören kann.

»Du wirst unterschreiben! Du hast gar keine andere Wahl!«, dröhnt es nicht nur durch den Flur. Auch aus dem Telefon seiner Sekretärin ist sein Fluchen zu vernehmen.

»Haben Sie uns etwa belauscht?«, platzt es aus mir heraus. Augenblicklich läuft sie hochrot an und schluckt. Mit einer Antwort ist nicht zu rechnen. »Na, dann wissen Sie ja Bescheid und sollten sich schnellstens nach einem neuen Job umsehen.«

Statt den Fahrstuhl zu rufen, nehme ich die Stufen. Ich bin völlig außer Atem, als ich die schwere Tür zur Tiefgarage öffne. Ein Griff in meine Handtasche genügt, um den Autoschlüssel herauszunehmen. Ohne darauf zu warten, dass sich mein Herzschlag beruhigt, steige ich ein und fahre ab.

Ich lenke den Wagen in eine Nebenstraße. Langsam schleiche ich auf der Suche nach einer Parklücke durch die Tempo-30-Zone. Doch es ist aussichtslos. Notgedrungen halte ich in einer Hauseinfahrt und nehme die Mappe vom Beifahrersitz, um zu lesen, was ich unterschreiben soll.

Das Vertragswerk ist auf Englisch verfasst. Obwohl ich der Sprache mächtig bin, verstehe ich nur Bahnhof. Neben fremden Namen tauchen auch Formulierungen auf, die ich zuvor noch nie gehört habe. Was die Begriffe *Articles of Association, Shareholder, Registered office* und *Companies House* bedeuten, kann ich auch nicht beurteilen.

Ich werde meinen Anwalt konsultieren. Er soll mir bestätigen, dass ich kein Risiko eingehe, wenn ich dem Vertragswerk zustimme. Ich rufe ihn sofort an.

»Tut mir leid, Frau Baumgarten«, entschuldigt sich die junge Gehilfin. »Herr Volkmann ist heute den ganzen Tag bei Gericht. Vor morgen ist er nicht zu erreichen.«

»Bitte richten Sie ihm aus, dass es sehr wichtig ist. Mein Noch-Ehemann will mir die Anteile an seiner Limited übertragen. Ich muss wissen, welche rechtlichen Konsequenzen das für mich hat.«

»Besser, Sie vereinbaren einen Termin und besprechen die Angelegenheit persönlich mit ihm. Passt es Ihnen morgen um zehn Uhr?«

Ich stimme zu.

Arne ist also pleite. Das erklärt auch, warum sich nur zweihundert Euro im Safe befunden haben. Er steht mit einem Fuß im Knast, weil er es mit seinen windigen Geschäften übertrieben hat. Moritz hat er ebenfalls um sein Honorar betrogen. Ob er wohl auch Mitglied dieser Gläubigergemeinschaft ist, von der Arne gesprochen hat? Wenn ja, könnte ich es verstehen. Dennoch will ich es genau wissen.

Gerade entschließe ich mich, bei ihm anzurufen, als mein Handy klingelt. Es ist Friedrich. Ich würde ihn am liebsten wegdrücken, denn mir steht jetzt nicht der Sinn nach einem gemütlichen Brunch. Aber ich bringe es nicht übers Herz und gehe ran.

Nicht ich, sondern er erklärt mir, dass aus unserem Treffen nichts wird. »Tut mir leid, Valentine, aber die Arbeit geht vor. Ich würde dich trotzdem gern sprechen, denn ich muss dir etwas Wichtiges sagen. Allerdings nicht am Telefon. Können wir uns später sehen?«

Warum macht er es so spannend? Was ist so wichtig, dass er es mir nur persönlich mitteilen kann? »Ich melde mich später noch einmal bei dir«, verspreche ich und lege auf.

Ich habe das dringende Bedürfnis, Inga von Arnes Pleite zu berichten. Doch nicht erst abends, wenn die Kinder anwesend sind. Es muss sofort sein.

In der Hoffnung, dass sie nicht gerade in einer Besprechung steckt, düse ich in die City. Ich muss mich nicht beeilen, denn mir bleibt ausreichend Zeit, bis ich Joshi aus der Schule abholen muss.

Inga sitzt allein in ihrem Büro. Sie lehnt meinen Vorschlag ab, irgendwo einen Kaffee trinken zu gehen. »Ich kann nicht.

Svenja hat sich heute krankgemeldet und wir ersticken in Arbeit.«

Ich schließe die Tür und sage es frei heraus: »Die GmbH gibt es nicht mehr und Arne droht der Knast.«

Meine Schwester reißt die Augen auf. »Dann ist die Frage, bei wem die Kinder künftig leben werden, ja bereits geklärt.«

»Beim *wem* schon, aber nicht *wo*. Arne meint, wir könnten alles verlieren, wenn ich mich nicht bereit erkläre, irgendwelche Papiere zu unterzeichnen. Meine Kinder und ich würden zum Sozialfall werden.«

»Was verlangt er von dir?«

So genau weiß ich das auch nicht, aber je länger ich darüber nachdenke, ergeben die Puzzleteile nach und nach ein Bild. »Er hat sein ganzes Vermögen in eine Limited verschoben, um es vor dem Zugriff der Gläubiger zu schützen. Nun erwartet er, dass ich den Posten des Direktors übernehme.«

»Das ist Verschleierung! Da machst du doch wohl nicht mit?«

»Ich habe bereits einen Termin mit meinem Anwalt vereinbart. Morgen weiß ich mehr.«

Inga denkt angestrengt nach. »Dann gehört ihm das Ferienhaus gar nicht mehr, sondern dieser englischen Gesellschaft.« Ich nicke. »Ich habe gestern im Bett noch mit Marek darüber gesprochen. Auch er war der Meinung, dass die Versicherungssumme recht hoch sei. Ich will den Wert des Anwesens nicht schmälern, aber glaubst du nicht auch, dass drei Millionen deutlich überzogen sind? Das Haus steht auf dem Darß und nicht in Beverly Hills.«

Das Telefon klingelt. Inga erklärt, dass sie das Gespräch unbedingt annehmen müsse. »Tut mir leid, lass uns heute Abend in Ruhe weiterquatschen.«

Ich verstehe und verabschiede mich.

Kurz bevor die Glocke das Ende der letzten Stunde einläutet, treffe ich mittags vor der Schule ein. Durch den Rückspiegel beobachte ich den Ausgang, aus dem Horden von Schülern stürmen. Die meisten können es kaum erwarten, die Lehranstalt zu verlassen.

Nur mein Sohn schlendert gemächlichen Schrittes über den Hof. Gefolgt von Muriel, die ein Gesicht wie sieben Tage Regenwetter zieht. Ich bin regelrecht erstaunt, als sie die hintere Wagentür öffnet und auf den Rücksitz klettert.

»Glaub ja nicht, dass ich freiwillig mit dir mitkomme. Papa hat es so bestimmt«, faucht sie und schnallt sich an.

»Ich freue mich trotzdem darüber, mein süßer Liebling«, antworte ich ihr und kutschiere die beiden in unser Übergangszuhause.

Calm after the Storm

Moritz

Nachdem ich gestern bis kurz vor Mitternacht mit Frank zusammen Wände gestrichen habe, freue ich mich auf meinen Morgenkaffee. Claudius ist auch schon aufgestanden und hat sich in Schale geworfen. Statt mir einen guten Morgen zu wünschen, pflaumt er mich an. »Komm in die Puschen. Die Bewerber warten nicht.«

»Was hab ich mit deinen Bewerbern am Hut?« Ich bestücke seelenruhig die Kaffeemaschine.

»Kaffee kannst du im Büro trinken. Nun mach schon! Oder muss ich mir wirklich ein Taxi bestellen?«

Zwar bin ich hellwach, dennoch verstehe ich nicht, was er eigentlich von mir will.

Er erklärt es mir wie einem Schwerhörigen: »Du sollst mich in dein Büro fahren, weil ich dort bereits in zehn Minuten das erste Vorstellungsgespräch habe.«

»Wieso bei mir im Büro?«

»Wo denn sonst?«

»Vielleicht unten im Laden?«

»Dafür ist es zu spät. Ich habe den Bewerbern bereits deine Geschäftsadresse mitgeteilt.«

Ich stöhne laut auf. So geht das nicht weiter. Es ist unbestritten, Claudius ist mein Kumpel, aber ich bin nicht sein Lakai. Er hätte mich zumindest vorher fragen können, ob ich ihm für diesen Zweck mein Office überlasse. Obwohl ich der Meinung bin, dass er den kurzen Weg getrost zu Fuß zurücklegen könnte, werfe ich ihm meinen Wagenschlüssel zu. »Fahr selbst hin, wenn du es so eilig hast.«

»Geht nicht«, antwortet er knapp und weicht meinem fragenden Blick aus. Nur zögerlich verrät er mir den Grund. »Ich habe keinen Führerschein … mehr.«

Ich kann mein Lachen kaum zurückhalten. »Man hat dir den Lappen abgenommen?«

Trotzig schaut er mich an. »Ja, ich habe Fahrverbot. Wärst du jetzt bitte so freundlich und bringst mich?«

Dann will ich mal nicht so sein und mime den Chauffeur.

Als wir wenig später das Büro erreichen, warten schon zwei Typen vor der Tür.

»Überpünktlich. Das gefällt mir«, raunt Claudius und löst den Gurt. »Und optisch können sich die beiden auch sehen lassen. Der Dunkelhaarige ist doch eine Schnitte, oder? Der könnte mir gefährlich werden.«

»Wie kommst du auf die Idee, dass er schwul ist?«

»Ich habe den Kennerblick«, prahlt er und öffnet die Wagentür.

Nachdem wir ausgestiegen sind, kommen die beiden direkt auf mich zu. Der Typ, von dem Brummer so angetan ist, reicht mir die Hand. »Ich bin Julio«, stellt er sich mit festem Handschlag vor. Die Art, wie er seinen Namen ausspricht, lässt die Vermutung zu, dass er Spanier ist.

»Ich bin nur der Fahrer«, erkläre ich grinsend und verweise an Claudius.

Dieser schlüpft wieder in die Rolle der Diva. »Kommt, Jungs. Lasst uns Nägel mit Köpfen machen.«

Ladylike wackelt er die Treppe hinauf und macht auf große Geschäftsfrau.

In schwülstigen Worten präsentiert er sein Geschäftskonzept. Julio erklärt, dass er dieses Barber-Shop-Modell gut kenne. »Ich habe zwei Jahre in München im Barbier-Handwerk gearbeitet.«

»Und was zieht dich in den Norden?«, will Claudius wissen und klimpert mit den Augen.

»Na, was wohl? Meine Freundin lebt hier.«

Ich räuspere mich. »Alles klar. Kennerblick!«, wispere ich und gehe in die Pantry, um mir endlich einen Kaffee zuzubereiten.

Durch die geöffnete Tür verfolge ich den weiteren Gesprächsverlauf.

»Ich wäre schon sehr interessiert«, fährt Julio fort. »Allerdings muss ich von vornherein sagen, dass ich nur wochentags zur Verfügung stehe, denn am Wochenende mache ich Musik.«

»Ist das so?«, hakt Claudius nach, und ich ahne schon, dass sich dieses Bewerbungsgespräch damit erledigt hat. Und richtig. »Danke, dass du hergekommen bist. Ich melde mich.«

Mit bedröppelter Miene schleicht der Kandidat an der Küchenpantry vorbei.

Ich halte ihn auf. »Was machst du denn für Musik?«

»Am liebsten spiele ich meine eigenen Stücke. Ich bin Singer-Songwriter und trete zusammen mit meiner Freundin im Duett auf.«

»Cool«, erwidere ich und biete ihm auch einen Kaffee an. »Wo kann man denn mal was von euch hören?«

Dankend nimmt er mir die Tasse ab und folgt mir zum Empfang. »Wir haben einige Clips auf YouTube eingestellt.«

Ich deute auf den Computer und bitte ihn, online zu gehen. Kurz darauf ertönen die ersten Klänge, die mich sofort an das niederländische Duo *The Common Linnets* erinnern. Ihr Lied »Calm after the Storm« habe ich damals rauf und runter gedudelt. »Tretet ihr nur in Clubs oder auch privat auf?«, erkundige ich mich.

Julio schaut mich an. »Warum fragst du? Willst du uns engagieren?«

»Vielleicht«, antworte ich ihm, denn ich habe den letzten Punkt auf meiner Hochzeits-To-do-Liste bisher noch nicht erledigt. »Freunde von mir heiraten am kommenden Samstag und ich habe die Aufgabe, für die Mucke zu sorgen.«

Julio nimmt sein Smartphone zur Hand und checkt seine Termine. »Da hätten wir Zeit.«

»Nicht so schnell. Das muss ich erst mit meiner Co-Planerin besprechen.«

»Mach das und melde dich«, entgegnet er und reicht mir seine Visitenkarte.

Er ist schon fast aus der Tür, als er sich noch einmal umdreht. »Übrigens, morgen Abend spielen wir am Hamburger Fischmarkt. Wenn du Lust hast, komm doch vorbei.«

Ich verspreche, es mir zu überlegen, und stecke seine Karte in meine Brieftasche.

Julio nickt und sieht schon nicht mehr ganz so unglücklich aus, als er verschwindet.

Der Blonde scheint sich besser zu verkaufen. Er ist Single und hat auch kein Problem, samstags zu arbeiten.

Nach einer halben Stunde scheinen sich die beiden einig zu sein, denn Claudius verabschiedet ihn mit einem Schulterklopfer. »Alles klar, Max. Ich schicke dir den Vertrag zu.«

Als auch er mein Büro verlässt, hege ich die Hoffnung, nun meinen Schreibtisch zurückzubekommen. Aber Claudius macht keine Anstalten, den Platz zu räumen. Er erklärt, dass der Bewerbungsmarathon noch längst nicht beendet sei. »Der Nächste sollte gleich eintreffen.«

Ich ringe um Fassung. »Dann mach es kurz! Ich habe schließlich auch zu tun.«

Just in dem Moment öffnet sich die Tür. Drei Männer und eine Frau treten ein und fragen mich, ob sie hier richtig seien. Ich bitte sie zu warten und nehme mir Claudius vor.

»Am Empfang stehen schon wieder vier Leute. Hattest du nicht von drei Bewerbern gesprochen?«

»Von drei Frisörmeistern war die Rede«, erwidert er und lässt mich stehen. Mit hocherhobenem Kopf stolziert er den Flur entlang.

Verblüfft steuert er auf die junge Dame zu. »Und wer sind Sie? Begleiten Sie einen dieser Herren?«

Sie schüttelt den Kopf und reicht ihm die Hand. »Ich bin Andrea Manzini. Ich wurde zu einem Bewerbungsgespräch eingeladen.«

»Ups«, quietscht Claudius. »Da wird meinem Geschäftsführer wohl ein Fehler unterlaufen sein. Steve ist vermutlich davon ausgegangen, dass sich hinter dem Vornamen Andrea ein Mann verbirgt. Tut mir leid, dass Sie sich ganz umsonst auf den Weg gemacht haben. Seien Sie nicht böse, meine Liebe, aber ich beschäftige keine Frauen.«

Trotzig baut sie sich auf. »Schon mal was vom Gleichstellungsgesetz gehört?«

»Sparen Sie sich das. Ich entscheide immer noch selbst, wen ich einstelle.«

Sie tritt entschlossen einen Schritt vor. »Dann erstatten Sie mir wenigstens die Auslagen!«, fordert sie forsch. »Ich halte fünfzig Euro für angemessen.«

Zum ersten Mal erlebe ich meinen Kumpel sprachlos. Er braucht einen Moment, um zu reagieren. »Ihr Verhalten ist sehr dreist, junge Frau.«

»Ihr Verhalten ist gesetzwidrig! Sollten Sie nicht sofort in die Tasche kommen, verspreche ich Ihnen, dass pünktlich zu Ihrer Geschäftseröffnung ein gewaltiger Shitstorm über Sie hereinbrechen wird. Ich bin nämlich eine erfolgreiche Bloggerin. Für meine Follower wird Ihre frauenfeindliche Einstellung ein gefundenes Fressen sein.«

Ich tippe Claudius auf die Schulter. »Du solltest ihr den Fuffi geben«, rate ich ihm leise.

»Erledige du das! Und dann schaff sie hier raus, bevor ich mich vergesse.«

Mit einer Handbewegung signalisiert er den Jungs, ihm in mein Büro zu folgen. »Blöde Emanze!«, schimpft er. »Ich weiß schon, warum ich keine Frauen im Team haben will.«

Okay, jetzt ist das Maß voll. Ich will Claudius den Marsch blasen, aber Andrea hält meinen Arm fest. »Was ist nun mit der Kohle?«, herrscht sie mich an.

Bevor sie völlig ausflippt, zücke ich mein Portemonnaie. »Vierzig. Mehr habe ich nicht«, schwindle ich und reiche ihr zwei blaue Scheine.

Nun richtet sie ihren Zorn auf mich. Wütend reißt sie mir das Geld aus der Hand und droht: »Richten Sie dem Fettwanst aus, dass er sich warm anziehen soll. Die Sache ist noch nicht erledigt.«

Mit einem lauten Türknall verlässt sie meine Geschäftsräume.

Ich beschließe, auch einen Abflug zu machen und nach Hause zu fahren, denn an Arbeit ist in diesem Irrenhaus heute nicht zu denken.

Bevor ich meinen Esstisch in einen Schreibtisch umfunktioniere, lege ich einen Stopp im Supermarkt ein. Mit einer kleinen Auswahl an Lebensmitteln und Softdrinks schlage ich wenig später in meinem Penthouse auf.

Es geht schon auf zwei Uhr zu, als ich Schritte hinter mir wahrnehme. Ich rechne mit Claudius, dem ein gewaltiger Einlauf droht. Aber es ist Friedrich. Offensichtlich war er ebenfalls einkaufen, denn er stellt eine prall gefüllte Tüte auf die Arbeitsplatte.

»Darf ich deine Mikrowelle benutzen?«

Ich überlege kurz, was er wohl sagen würde, wenn ich ihm die Bitte abschlage, aber ich nicke zustimmend und deute auf das Gerät.

»Hast du heute schon mit Valentine gesprochen?«, will er von mir wissen und nähert sich dem Tisch, an dem ich noch immer konzentriert arbeite.

»Nein. Warum?«

»Ich muss sie dringend sprechen, erreiche sie aber nicht. Sobald ich sie anrufe, drückt sie mich weg.«

Ich kann meine Freude über diese Nachricht kaum zurückhalten.

»Hör auf, mich so blöd anzugrinsen. Es ist wirklich wichtig, dass sie mich anhört. Sie steckt in großen Schwierigkeiten.«

Nun blicke ich auf. »Sie befindet sich in einer Notlage, aus der nur du ihr heraushelfen kannst?«, frage ich spöttisch.

»Vergiss doch mal für einen Moment deine dumme Eifersucht. Es ist ernst. Arne verkauft das Haus an der Ostsee. Ich bin mir sicher, dass sie davon nichts weiß.«

»Was soll's? Ihr steht in jedem Fall die Hälfte zu.«

»Du bist so ahnungslos!«, schreit er mich unerwartet an.

»Dann klär mich auf, du edler Retter!«

Mein Spott war wohl zu viel für ihn, denn er lässt mich nicht an seinem Wissen teilhaben. Wortlos nimmt er das Fertiggericht aus der Verpackung und stellt die Mikrowelle an.

Nach drei Minuten piept es.

Friedrich schnappt sich sein Essen, das mich an den Geruch von Katzenfutter erinnert, und greift nach einer Flasche Cola.

»Ich esse unten«, höre ich ihn noch knurren, bevor er die Wohnung verlässt.

Nachdenklich schaue ich ihm hinterher. Valentine drückt ihn also weg. Mal sehen, ob sie rangeht, wenn ich sie anrufe.

SCHLITZOHR

VALENTINE

Wir haben das Haus für uns. Mika ist bei Irene drüben und isst bei ihr zu Mittag. Ich nutze den ungestörten Moment, um allein mit meiner Tochter zu sprechen.

»Komm mit mir ins Wohnzimmer«, bitte ich sie.

Muriel folgt mir mürrisch. Weil sie keine Berührung zulässt, setze ich mich nicht zu ihr aufs Sofa, sondern wähle den Sessel gegenüber.

Ich beginne unser Gespräch mit einer Frage. »Warum bist du so böse auf mich?«

»Das weißt du genau!«

Trotz ihres pampigen Tonfalls versuche ich, ihr ruhig zu antworten. »Du bist wütend und traurig, weil Papa und ich uns getrennt haben. Das verstehe ich, denn mir geht es genauso. Ich habe mir bestimmt nicht gewünscht, dass es so weit kommt. Ich wollte immer, dass wir eine glückliche Familie sind. Aber das waren wir schon lange nicht mehr.«

Mein Handy klingelt. Es ist Friedrich. Ich drücke ihn weg.

»Wer war das?«, will sie wissen.

»Unwichtig. Wichtig bist nur du.«

Muriels Augen füllen sich mit Tränen. Ich kann es nicht ertragen, sie weinen zu sehen, und gehe zu ihr, um sie fest in den Arm zu nehmen. Dieses Mal stößt sie mich nicht weg.

»Warum tut ihr das?«, schluchzt sie und zerreißt mir mit ihrer Verzweiflung fast das Herz. »Warum könnt ihr euch nicht vertragen?«

Ich schlucke und ringe um eine Antwort. »Alles wird gut, Schatz. Es wird aufhören wehzutun. Ich verspreche es dir. Papa und ich haben euch beide lieb. Daran wird sich nie etwas ändern.«

Sie schnieft. »Aber ich ziehe nicht nach Rostock. Ich will nicht woanders zur Schule gehen. Hier sind meine Freunde.«

Ich beruhige sie. »Wir werden nicht wegziehen. Du musst die Schule nicht wechseln. Ich gebe dir mein Wort.«

»Wirklich?«

Ich hebe meine Hand, als wäre ich vor Gericht. »Ich schwöre es!«

Erneut klingelt mein Handy. Wieder ist es Friedrich. Jetzt reicht es mir und ich stelle das Gerät aus.

Joshi kommt ins Wohnzimmer. »Gibt es heute gar nichts zu essen?«

Schuldbewusst schaue ich ihn an, denn ich habe es bei dem Trubel nicht geschafft einzukaufen. »Wir können uns …«, will ich vorschlagen, aber Muriel fällt mir sofort ins Wort.

»Bitte keine Pizza bestellen. Die gab es bei Papa jeden Tag.«

»Aber ich will auch nicht diesen gesunden Gemüsekram von Inga essen«, mischt Joshi sich ein und bringt mich augenblicklich zum Schmunzeln.

Ich nehme meine beiden Schätze in den Arm und drücke sie ganz fest. »Was haltet ihr von Brathähnchen? Ich kenne ein Lokal, da gibt es ganz leckere.«

»Haben wir denn dafür Geld?«, erkundigt sich meine Tochter besorgt. »Papa hat gesagt, dass wir uns künftig nur noch Tütensuppen leisten können.«

»Nee, da hat er sich gewaltig geirrt. Ich bin zwar nicht mehr so reich wie früher, aber ich habe genug Geld, um euch ein Hähnchen zu spendieren. Lasst uns feiern, dass wir wieder zusammen sind. Kommt, Kinder!«

Obwohl Muriel Feuer und Flamme ist, hat sie Bedenken. »Ich habe heute ganz viele Hausaufgaben auf.«

Verschwörerisch zwinkere ich ihr zu. »Die machen wir später.«

Es ist schon nach zwei, als wir den Biergarten am Süllberg erreichen. Dort, wo ich mich vor Kurzem noch mit Wodka abgeschossen habe, bestelle ich heute Limonaden und drei halbe Brathähnchen beim Kellner.

»Friedrich sagt immer *Broiler*, wenn er Hähnchen meint«, scheißt Joshi klug und sorgt mit seiner Bemerkung dafür, dass das Visier seiner Schwester sofort runterklappt.

»Zum Thema ›Friedrich‹«, setze ich an. »Er ist unser Freund. Mehr nicht. Ich bin nicht in ihn verliebt. Ist damit alles geklärt?«

Zufrieden nickt meine Tochter mir zu.

Da das nun erledigt ist, kann ich mein Handy getrost wieder anstellen.

Gleich darauf klingelt es erneut. Was ist heute nur los?

Diesmal ist Moritz der Anrufer. Deshalb nehme ich das Gespräch an.

»Du wirst vermisst«, erklärt er. »Friedrich hat versucht, dich zu erreichen.«

Ohne ihm zu sagen, dass ich das längst weiß, entgegne ich: »Ich bin mit den Kindern bei Hauser.«

Moritz lacht. »Keinen Wodka trinken, Valentine!«

»Nie wieder«, erwidere ich und kann ein kleines Grinsen nicht zurückhalten. »Das habe ich mir geschworen.«

»Ich will nicht lange stören, aber wir müssen mit unserer To-do-Liste schnellstens zum Ende kommen. Viel Zeit bleibt uns nicht mehr bis zur Hochzeit.«

»Kümmere du dich um die Musik, ich mache den Schafstall klar.«

»Hab ich schon. Ich schicke dir gleich einen Link. Hör dir die beiden mal an und melde dich anschließend bei mir.«

Ich verspreche es und lege auf.

Während die Kinder dem Essen entgegenfiebern, warte ich auf Moritz' SMS.

Zehn Minuten später verziehe ich das Gesicht. Doch Live-Mucke.

Meine Kinder wollen wissen, was mir nicht behagt. »Mareks Trauzeuge sollte auf der Hochzeit für Musik sorgen. Ich habe vorgeschlagen, dass er einen DJ engagiert. Nun hat er sich für eine Band entschieden.«

Während meine Kids sich über das Geflügel hermachen, laufen in meinem Handy diverse YouTube-Clips.

»Also, mir gefällt's«, meint Joshi mit vollem Mund, wohingegen sich meine Begeisterung arg in Grenzen hält.

»Ah! Der junge Mann hat nicht nur Talent als Ruderer, sondern auch einen ausgezeichneten Musikgeschmack«, tönt es plötzlich hinter uns.

Joshi strahlt. »Moritz, wo kommst du denn her?«

Ohne zu fragen, ob es uns recht ist, setzt er sich frech an unseren Tisch.

»Das ist Moritz, mit dem ich rudern durfte«, erklärt mein Stöpsel seiner Schwester, die genauso ungläubig dreinschaut wie ich.

»Und was meinst du, Muriel? Sollen die beiden Musiker auf der Hochzeit von Inga und Marek spielen?«

Meine Tochter, die bekanntlich eine Expertin in Sachen Hochzeiten ist, meint, dass auf so einem Fest Schlager gespielt werden sollten. »Wenn ich nachmittags auf Vox die Sendung *Vier Hochzeiten und eine Traumreise* sehe, gewinnen immer die Brautpaare, bei denen die größte Stimmung herrscht.«

»Okay. Wenn ich das richtig sehe, steht es unentschieden. Wir Männer sind für Livemusik und die Damen wollen einen DJ. Was machen wir nun?« Moritz rollt mit den Augen und winkt den Ober heran.

Nachdem er meinen Kindern noch ein Eis bestellt hat, präsentiert er die Lösung für das Problem. »Heute Abend spielt das Duo am Fischmarkt. Ich schlage vor, dass wir gemeinsam hinfahren und uns ein Bild machen. Wenn die Ladys dann immer noch meinen, dass sie nicht geeignet sind, beauftrage ich einen DJ.«

Ich schüttle energisch den Kopf. »Das geht nicht. Die Kinder haben morgen Schule.«

Moritz grinst. »Die haben sie übermorgen auch noch.«

Joshi und Muriel brechen in schallendes Gelächter aus. Auch meine Mundwinkel zucken vor Belustigung.

Es ist meine Tochter, die zuerst zur Ernsthaftigkeit zurückkehrt. Bedauernd schüttelt sie den Kopf. »Das geht wirklich nicht. Ich muss noch Hausaufgaben machen.«

»Was hast du denn auf?«, erkundigt sich Moritz.

»Mathe. Ich hasse Mathe! Und dann auch noch Geometrie«, seufzt sie und steckt sich demonstrativ den Finger in den Mund.

»Wirklich? Das kann ich gar nicht verstehen. Ich konnte schon immer gut mit Zirkel und Geodreieck umgehen. Deshalb bin ich auch Architekt geworden. Was hältst du davon, wenn ich dir helfe?«

»Wie denn? Meine Schulsachen sind zu Hause bei Inga«, erwidert Muriel.

»Dann lasst uns fahren«, schlägt Moritz vor und bittet um die Rechnung. Trotz meines Widerspruchs übernimmt er die ganze Zeche.

Auf dem Parkplatz folgt er uns zu meinem Wagen. »Du bist wieder motorisiert?«

»Arne war so frei«, antworte ich ihm knapp.

»Dann lasse ich mein Auto stehen. Es wäre doch idiotisch, doppelt Emissionen in die Umwelt zu pusten, wenn wir den gleichen Weg haben.«

Ich schaue ihn prüfend an, denn ich glaube ihm nicht, dass sein Umweltbewusstsein der wahre Grund ist, weshalb er bei uns mitfahren will. Er legt es darauf an, dass ich ihn später zurückbringe. Was für ein Schlitzohr!

GESCHMACKSSACHE

MORITZ

Vermutlich mache ich mich gerade unbeliebt, denn ich lehne Muriels Bitte ab, an ihrer statt die Aufgaben zu erledigen. Obwohl sie mich mit einem betörenden Augenaufschlag ansieht, der deutlich macht, dass sie Valentines Abbild ist, bleibe ich standhaft. »Ich erkläre es dir lieber noch einmal.«

Eine Stunde später hat sie es kapiert und klappt stolz das Heft zu. »War gar nicht so schwer. Du solltest mein Mathelehrer sein.«

Ach, Kleine. Viel lieber wäre ich der Mann an der Seite deiner Mutter. Dann würde ich dir immer bei den Hausaufgaben helfen.

Marek und Inga treffen ein. Beide staunen, als sie mich entdecken. Obwohl Inga die Frage auf der Zunge liegt, warum ich in ihrem Wohnzimmer sitze, fragt sie nicht, sondern hakt Valentine unter und zieht sie in die Küche.

»Tut mir leid, dass ich vorhin keine Zeit hatte. Aber nun erzähl doch mal!«, fordert sie ihre Schwester auf.

Was Valentine ihr berichtet, kann ich nicht verstehen, denn die Tür fällt hinter ihnen ins Schloss.

»Was treibt dich denn heute her?«, will Marek wissen.

Ich signalisiere ihm, mit mir auf die Terrasse zu gehen.

Draußen bitte ich ihn, mir Schützenhilfe zu leisten. »Ich will mit Valentine ausgehen. Sollte sie ablehnen, weil sie bei den Kindern bleiben will, biete ihr doch bitte an, dass du sie ins Bett bringen würdest.«

Marek schnaubt. »Du hast echt Nerven! Wie kannst du meine künftige Schwägerin angraben, obwohl du nebenbei noch was am Laufen hast? Es geht mich zwar nichts an, was du treibst, aber wenn es sich um meine Familie dreht, werde ich komisch.«

»Bei mir läuft nichts nebenher«, empöre ich mich. »Wie kommst du darauf?«

»Und welche Tussi geht bei dir ein und aus und verfügt obendrein über einen eigenen Schlüssel?«

»Die Tussi *war* Svenja und mit ihr läuft schon längst nichts mehr. Diese dumme Pute hat sich hinter meinem Rücken einen Ersatzschlüssel besorgt und sich Zutritt verschafft, wenn ich nicht da war. Ich habe ihr bereits den Marsch geblasen und ihr unmissverständlich klargemacht, dass sie sich schleichen soll.«

»So, hast du das?«

»Frag Friedrich! Er wurde Zeuge dieses peinlichen Auftritts.«

Meine Erklärung stellt Marek zufrieden. Er scheint sogar amüsiert zu sein, denn er lacht laut auf. »Ich habe dich gleich vor ihr gewarnt.«

»Von welchem peinlichen Auftritt sprichst du?«, will Inga wissen, die plötzlich mit Valentine im Türrahmen steht.

Um es ein für alle Mal klarzustellen, erkläre ich ihnen, was sich inzwischen zugetragen hat. »Also nennt mich bitte nie wieder einen Schürzenjäger.«

Inga grinst. »Alles klar. Ab sofort nenne ich dich einen *Herzensbrecher*. Denn dafür, dass Svenja sich heute krankgemeldet hat, bist offensichtlich du verantwortlich.«

Valentine verpasst ihrer Schwester einen leichten Stoß in die Rippen. »Bleib ruhig dabei und nenne ihn auch weiterhin einen Schürzenjäger. Seine Nachbarin, Lore, hat mir schon vor Tagen versichert, dass er nichts anbrennen lässt. Aber dass er sich mit Svenja abgegeben hat, entsetzt mich nun doch. Etwas mehr Geschmack hätte ich ihm zugetraut.«

Ich mache mich gerade. »Was das angeht, solltest du dich besser nicht so weit aus dem Fenster lehnen! So ein toller Typ ist dein Friedrich nämlich auch nicht.«

»*Mein Friedrich* ist loyal«, verteidigt sie ihn entrüstet. »Er würde nie mit den Gefühlen einer Frau spielen.«

»Ja, ganz bestimmt«, antworte ich ihr sarkastisch und denke an die rote Lippe, von deren Existenz Valentine mit Sicherheit nichts weiß.

Marek grinst. »Hör dir die beiden an, Inga. Sie streiten schon wie ein altes Ehepaar.«

Apropos Ehepaar. Obwohl Valentine noch immer verärgert wirkt, wage ich mich vor. »Was ist denn nun? Kümmern wir uns heute noch um den vorletzten Punkt auf unserer Liste?«

»Natürlich. Schließlich geht es um die Hochzeit meiner Schwester. Bei deinem schlechten Geschmack werde ich dir gewiss nicht allein die Entscheidung überlassen. Aber die Kinder bleiben hier. Sie brauchen ihren Schlaf.« Dann wendet sie sich an Inga. »Sorgst du heute dafür, dass Muriel und Joshi rechtzeitig zu Bett gehen?«

Ihre Schwester nickt und auch Marek versichert, wie besprochen, die Kids zu versorgen.

Prüfend betrachtet Valentine ihr Spiegelbild in der Fensterscheibe. »Kann ich überhaupt so gehen oder sollte ich mich noch ein wenig aufbrezeln?«

»Was habt ihr denn vor?«, erkundigt sich Inga bei mir, in der Hoffnung, mir Details unserer Planung zu entlocken.

»Das wird nicht verraten«, antworte ich der einen Schwester. Der anderen bestätige ich, dass sie toll aussieht und es gar nicht nötig hat, sich zurechtzumachen.

Valentine verabschiedet sich von ihren Kindern, verspricht ihnen, dass sie nicht lange fortbleiben werde, und schnappt sich ihre Handtasche.

Wir nehmen ihren Wagen und ich lotse sie zur Fischauktionshalle.

Bis wir den Elbtunnel passieren, spricht Valentine kein Wort. Ich will wissen, warum.

»Du und Svenja! Ich kann es immer noch nicht glauben.«

Es war nichts Ernstes, will ich antworten, entscheide mich aber im letzten Moment anders. »Es war ein Fehler. Hast du dich noch nie geirrt?«

Damit, dass sie plötzlich laut lacht, habe ich nun wirklich nicht gerechnet. »Bingo! Der Punkt geht an dich. Dass Arne ein großer Irrtum war, ist ja wohl nicht mehr zu leugnen.«

Als wir an einer roten Ampel halten müssen, schaut sie mich an. »Sag mal, Moritz, gehörst du auch zu dieser Gläubigergemeinschaft, die ihm gerade einheizt?«

Ich habe keine Ahnung, wovon sie spricht.

»Leute, denen Arne Geld schuldet, haben sich zusammengeschlossen und gehen jetzt strafrechtlich gegen ihn vor.«

Das geschieht ihm recht, denke ich mit gewisser Genugtuung. Es wird allerhöchste Eisenbahn, dass diesem Abzocker Einhalt geboten wird, bevor er noch weitere Firmen in den Ruin treibt.

Betont ruhig erkläre ich, dass ich meine Forderungen längst in den Wind geschrieben habe. »Für einen langwierigen Prozess fehlten mir damals die Mittel. Heute ist es zu spät, um ihn auf Zahlung zu verklagen.«

Valentine senkt den Kopf. »Es tut mir so leid. Ich hatte keine Ahnung von seinen Machenschaften. Aber sollte ich Arnes Forderung zustimmen, würde ich sofort das Haus an der Ostsee verkaufen. Vom Erlös könnte ich alle offenen Rechnungen begleichen. Deine zuerst. Das verspreche ich dir.«

Ich überlege, ob ich ihr von Friedrichs Nachricht erzählen soll. Noch bevor die Ampel auf Grün springt, ringe ich mich dazu durch. »Das Haus an der Ostsee steht doch schon zum Verkauf.«

Sie zeigt sich überrascht. Nachdenklich starrt sie über das Lenkrad. Gerade will ich ihr mitteilen, dass es nicht grüner wird, als ein lautes Hupkonzert hinter uns ertönt. Valentine zuckt vor Schreck zusammen. Bei dem Versuch, zügig weiterzu-fahren, säuft der Motor ab.

»Tut mir leid«, entschuldigt sie sich. »So etwas ist mir zuletzt in der Fahrschule passiert. Eigentlich bin ich eine gute Autofahrerin.«

»Nicht *eigentlich*, du bist auf jeden Fall eine gute Fahrerin.«

Als wir unser Ziel erreichen, dröhnt schon laute Musik aus der ehrwürdigen Halle. Valentine verdreht die Augen. »Wie furchtbar. Das ist Fahrstuhlmusik und gewiss nicht geeignet, um in Stimmung zu kommen.«

»Lass uns doch erst mal reingehen.«

»Was soll das bringen? Zu dieser Musik kann man doch gar nicht tanzen?«

»Ganz richtig«, stimme ich ihr zu. »Marek kann nämlich nicht tanzen. Er wird mir dankbar sein.«

»Und Inga wird dir die Augen auskratzen.«

»Gib mir eine Stunde. Wenn du dann immer noch nicht überzeugt bist, gebe ich mich geschlagen.«

Als wir eintreten, wird sofort klar, dass nicht Julio mit sei-ner Freundin auf der Bühne steht, sondern ein Solosänger.

Ich ziehe Valentine an die Bar und frage, was ich uns bestel-len soll.

»Wasser«, erwidert sie knapp.

Zähneknirschend schließe ich mich ihrer Wahl an.

Wenig später klopft mir jemand auf die Schulter. Es ist der singende Barbier, der sich offensichtlich darüber freut, dass ich seiner Einladung gefolgt bin. Ich stelle ihm Valentine vor und hoffe inständig, dass sie sich nicht bei ihm erkundigt, ob er auch Schlager spielen kann. Doch genau das tut sie.

Ihre Frage kratzt gewaltig an seiner Songwriter-Ehre: »Nee, für Handclapping-Mucke sind wir die Falschen.«

Ich ziehe ihn zur Seite und flüstere ihm leise ins Ohr.

»Roberta Flack?«, hakt er nach. »Na, klar.«

Der Solist tritt ab und Julio setzt sich ans Klavier. Seine hübsche Freundin erscheint im Scheinwerferlicht. Sie sitzt auf einem Barhocker, streicht sich flüchtig durchs Haar und richtet das Mikrofon.

Schon nach den ersten Tastenanschlägen bekomme ich eine Gänsehaut.

Julios Freundin stimmt das Lied, das ich mir gewünscht habe, so gefühlvoll an, dass es mir den Atem nimmt. »The first time ever I saw your face …«

Nach der ersten Zeile hat es auch Valentine gepackt. Mit großen Augen schaut sie mich an. »Warum gerade dieser Song?«

»Weil es genau so war, als wir uns kennengelernt haben. ›Beim ersten Mal, als ich in dein Gesicht sah, dachte ich, in deinen Augen müsste die Sonne aufgehen‹«, übersetze ich die erste Passage.

Geht es noch romantischer?

Weil es keinen perfekteren Moment geben wird, neige ich meinen Kopf und drücke meine Stirn an ihre. Wir atmen beide schwer durch die Nase.

»Du bist total verrückt. – Ich bin total verrückt«, wispert sie und macht das, wovon ich seit unserem flüchtigen Bruderschaftsküsschen geträumt habe. Sie drückt ihre weichen Lippen auf meinen Mund. Endlich.

Der magische Moment

Valentine

Nach einer Stunde verlassen wir die Veranstaltung und schlendern Hand in Hand zum Parkplatz. Obwohl ich nur Wasser getrunken habe, fühle ich mich komplett fahruntüchtig. Ich habe das Gefühl, auf Wolken zu schweben, und gebe Moritz den Schlüssel. »Bitte übernimm du. Nach deinen Küssen bin ich ganz berauscht.«

Anstatt meiner Bitte zu folgen, drückt er mich an meinen Wagen und knabbert genüsslich an meinem Hals. »Diesen Zustand nennt man *glücklich sein*.«

»Dann will ich mehr davon«, platzt es aus mir heraus.

Moritz grient zufrieden. »Okay. Wenn das so ist, fahre ich uns jetzt zu mir.«

»Und was ist mit deinem Auto? Das steht doch noch immer am Süllberg.«

»Mein Auto interessiert mich gerade nicht die Bohne«, versichert er mir und zieht mich so fest an sich, dass ich deutlich spüre, wonach ihm jetzt der Sinn steht.

Dass Moritz mich will, macht mich so heiß, dass ich während der Fahrt kaum die Finger von ihm lassen kann.

Als wir sein Zuhause erreichen, kommt es im Fahrstuhl fast zum Äußersten. Noch bevor er die Wohnungstür aufschließen kann, sind sein Hemd und meine Bluse geöffnet. Ich klebe an ihm und stöhne begehrlich auf. Ich kann es kaum erwarten, dass wir einen Schritt weitergehen, als Friedrich plötzlich im Flur erscheint und meiner Lust ein abruptes Ende beschert.

»Guten Abend«, zischt er. »Wenn ihr fertig seid, würde ich gern mit dir sprechen, Valentine. Ich warte in meinem Zimmer auf dich.«

Peinlich berührt ziehe ich den Stoff meiner Bluse vor meiner entblößten Brust zusammen.

»Wie kann man nur so unsensibel sein«, knurrt Moritz und versucht, seinen Hosenschlitz zu schließen. Offensichtlich mit wenig Erfolg. Wutschnaubend stampft er in die Küche, um sein Vorhaben unbemerkt fortzusetzen.

»Tut mir leid«, stammelt Friedrich. »Ich konnte ja nicht ahnen ...«

»Was konntest du nicht ahnen?«, dröhnt Moritz aus der Küche. »Ich habe dir vorübergehend ein Zimmer überlassen. Warum bleibst du nicht dort, sondern schleichst hier herum? Das ist immer noch meine Wohnung. Ich darf doch wohl erwarten, dass du meine Privatsphäre respektierst!«

»Ich habe zufällig aus dem Fenster gesehen und Valentines Wagen entdeckt. Ich bin nur rausgekommen, weil ich dringend mit ihr sprechen muss«, verteidigt sich Friedrich.

Ich ringe um Fassung. »Was ist denn so *dringend*?«, grummele ich, während ich mir die Bluse zuknöpfe und bemüht bin, Friedrich nicht anzusehen.

»Arne verkauft das Haus an der Ostsee«, informiert er mich in barschem Ton.

»Das weiß ich längst.«

»So? Woher?«

Sein anklagender Ton gefällt mir nicht. Überhaupt fühle ich mich in diesem Moment äußerst unwohl. Deshalb bleibe ich ihm die Antwort schuldig und lasse ihn stehen. Ich folge Moritz in die Küche. »Dumm gelaufen«, hüstele ich verlegen und streiche über meine zerknitterten Klamotten. »Ich denke, ich sollte jetzt besser fahren.«

Entgeistert reißt Moritz die Augen auf. »Du haust ab?«

»Es hat wohl nicht sollen sein.«

»Quatsch«, widerspricht er, zieht mich an sich und schlägt vor, dass wir in sein Büro fahren. »Da sind wir ungestört.«

Da mag er recht haben. Trotzdem schüttle ich bedauernd den Kopf. Der magische Moment ist vorbei.

Als ich gegen elf Uhr abends bei Inga eintreffe, ist es im ganzen Haus schon stockdunkel. Nur die kleine Tischlampe auf der Flurkommode leuchtet. Ich will gerade leise die Treppe hinaufschleichen, als ich plötzlich die Stimme meiner Schwester vernehme. »Guten Abend«, begrüßt sie mich fröhlich und erschreckt mich damit fast zu Tode.

Sie steht mit einem Glas bewaffnet hinter mir und mustert mich mit schief gelegtem Kopf. »Und? Wie war dein Abend?«

Hitze steigt mir in die Wangen. »Ich hätte fast …, beinahe, also um ein Haar mit Moritz geschlafen. Aber dann ist Friedrich aufgetaucht und ich …« Ich stoppe meinen Redeschwall und schaue unsicher in Richtung Obergeschoss. »Kann Marek uns hören?«

Inga schüttelt den Kopf. »Der schläft tief und fest. Und nun erzähl weiter, bitte.«

»Weiter? Das war's. Ende der peinlichen Geschichte.« Mein Blick fällt auf das Glas mit der weißen Flüssigkeit in Ingas Hand.

»Wieso trinkst du Milch? Kannst du nicht schlafen?«

»Das ist Buttermilch«, konkretisiert meine Schwester. »Und ich trinke sie, weil ich Hunger habe.«

»Wenn du Hunger hast, solltest du was essen und nicht dieses eklige Zeug trinken.«

»Ich muss auf meine Figur achten, sonst passe ich am Wochenende nicht in mein Kleid. Es wäre doch zu peinlich, wenn es aus allen Nähten platzt, sobald ich mich hinsetze.«

Ich rede ihr gut zu, dass ihre Befürchtungen völlig unberechtigt sind, weil sie eine tadellose Figur hat und die Gefahr, dass das Kleid nicht passt, gar nicht besteht.

Zusammen hocken wir uns auf die unterste Stufe. Leise kichere ich ihr ins Ohr. »Inga, deine alte Schwester ist bis über beide Ohren verknallt. Sag mir bitte sofort, dass ich einen Vogel habe.«

»Du hast einen Vogel!«, erwidert sie bierernst. Doch im nächsten Moment grinst sie. »Ich freue mich für so für dich. Du hast es verdient, endlich wieder glücklich zu sein.«

Mir kommen erste Bedenken. »Und wenn Moritz doch nur ein Abenteuer sucht?«

»Dann stürz dich hinein! Verdammt, Valentine. Was hast du zu verlieren?«

»Mein Herz! Moritz würde mir das Herz brechen, wenn er lediglich eine belanglose Affäre in mir sieht. Ich muss jetzt für Muriel und Joshi stark sein. Nach allem, was meine Kids durchgemacht haben und was ihnen noch bevorsteht, falls ihr Vater wegen Betruges verknackt wird, brauchen sie keine Mutter, die an Liebeskummer leidet.« Ich schlucke. »Mag sein, dass ich wie ein Teenager klinge, aber Moritz schwirrt mir schon seit Mikas Geburtstag andauernd im Kopf herum.«

Er scheint auch gerade an mich zu denken, denn mein Handy klingelt. Ich glucke und gehe sofort ran.

»Bist du gut nach Hause gekommen?«, erkundigt er sich.

»Ja, schon vor fünf Minuten.«

Inga verzieht sich, damit ich ungestört telefonieren kann. Obwohl sie im Schlafzimmer ist, verdrücke ich mich in die Küche.

»Ich könnte Friedrich den Hals umdrehen«, mosert Moritz.

»Hat er noch etwas zu dir gesagt?« Es ist mir noch immer unvorstellbar peinlich, dass mein alter Freund mitangesehen hat, wie Moritz und ich gierig übereinander hergefallen sind.

Moritz scheint diesbezüglich keine Bedenken zu haben. Seine Stimme klingt eher amüsiert. »Er hat mich beglückwünscht.«

»Hat es ehrlich oder eher sarkastisch geklungen?«

Genervt stöhnt Moritz auf. »Warum denkst du jetzt an Friedrich? Sag mir lieber, wann wir uns wiedersehen.«

Obwohl mein Herz vor Freude über seine Ungeduld einen Satz macht, zögere ich. »Ach, Moritz. Vielleicht ist es doch keine so gute Idee mit uns.«

Er verstummt für einen kurzen Augenblick. »Warum? Nenn mir einen Grund!«

Ich lache unsicher auf. »Ich bin noch gar nicht geschieden.«

»Das bin ich auch noch nicht. Und?«

»Ich habe zwei Kinder.«

»Sag bloß! Das sind deine? Ich dachte, du hättest sie irgendwo aufgegabelt, so wie andere Leute streunende Hunde zu sich nehmen.«

Ich bitte ihn, mich nicht zu veralbern. »Im Ernst, Moritz. Lass uns den heutigen Abend vergessen. Wir tun einfach so, als wäre nichts passiert.«

»Das geht nicht!«, widerspricht Moritz energisch, bevor er tief Luft holt. »Ich habe mich in dich verliebt. Das habe ich erst ein einziges Mal zu einer Frau gesagt – und das ist mittlerweile acht Jahre her.«

Ich bin hin und her gerissen. Was stellt dieser Mann mit mir an? Sollte ich ihm noch länger zuhören, kann ich meine Vorsätze vollends vergessen. Feige ziehe ich mich zurück und schiebe eine Ausrede vor, um das Gespräch zu beenden. »Tut mir leid, aber ich muss Schluss machen, Moritz. Joshi weint. Schlaf gut.«

DER ROTE GOLF

VALENTINE

Ich laufe rot wie eine Tomate an, als Muriel mich beim Frühstück fragt, wie ich mich entschieden habe. Nach meinem konsternierten Blick präzisiert sie ihre Frage und macht es noch schlimmer.

»Ich meine die Sache mit Moritz. Du weißt schon.«

Ich weiß, aber woher *weiß* sie davon?

»Machen wir es so, wie wir Männer es wollen, oder so wie du und Muriel«, hakt Joshi nach, und erst jetzt fällt bei mir der Groschen. Die Kinder meinen die Musikfrage.

»Ähm, in dieser Sache sind wir uns nicht einig geworden«, stottere ich.

»In welcher Sache?«, mischt sich Inga ein, schenkt sich eine Tasse Kaffee ein und setzt sich zu uns an den Tisch.

»In einer Geheimsache«, kontert meine Tochter und lächelt mich verschwörerisch an.

»Ich hasse Geheimnisse«, platzt es aus Inga heraus.

Marek, der sich vor dem Spiegel im Flur die Krawatte bindet, meldet sich zu Wort. »Warum bist du nur so ungeduldig,

Schatz? In spätestens vier Tagen wirst du erfahren, was unsere Trauzeugen für uns geplant haben.«

Doch meine Schwester gibt keine Ruhe. »Darf ich denn wenigstens erfahren, wo die Trauung stattfindet? Oder ist das auch topsecret?«

Oh, mein Gott. Bisher habe ich es noch nicht geschafft, dem Schafstallbesitzer verbindlich zuzusagen. Was mache ich bloß, wenn die Location nun nicht mehr vakant ist? Panik steigt in mir auf. »In Deutschland! Mehr verrate ich nicht.«

Ich bitte meine Kinder, sich fertig zu machen. »In zehn Minuten bringe ich euch zur Schule.«

Alle verlassen die Küche und ich räume den Tisch ab. Danach schnappe ich mir Arnes Verträge, die ich später meinem Anwalt vorlegen will.

Als ich Muriel und Joshi vor der Schule absetze, überlege ich, wie ich die Zeit bis zu meinem Termin totschlagen könnte. Ich entscheide mich, zum Süllberg zu fahren, um nachzusehen, ob Moritz seinen Wagen schon abgeholt hat. Sollte das nicht der Fall sein, würde ich ihm anbieten, ihn abzuholen. Schließlich bin ich nicht ganz unschuldig daran, dass er heute keinen fahrbaren Untersatz hat. Zudem wäre es eine gute Gelegenheit, ihm persönlich mitzuteilen, dass er sich in die Falsche verliebt hat. »Wir beide sind Trauzeugen. Mehr nicht«, werde ich zu ihm sagen. So weit der Plan.

Doch als ich bei Hauser vorfahre, entdecke ich ihn schon. Gemeinsam mit Claudius steigt er aus einem Taxi, das in unmittelbarer Nähe seines Audis hält.

Mein Herzschlag erhöht sich, als unsere Blicke sich treffen. Mit schnellen Schritten kommt er auf mich zu.

Mein Verstand rät mir, sofort abzufahren, doch dafür ist es zu spät. Moritz öffnet die Wagentür und beugt sich zu mir runter. Ehe ich mich versehe, küsst er mich.

»Was für eine schöne Überraschung!«, freut er sich. »Eigentlich wollte ich Claudius zum Flughafen bringen, aber da du jetzt da bist, soll er mit dem Taxi weiterfahren und wir beide unternehmen was Schönes.«

Er erhebt sich und dreht sich um. Bevor er Brummer zurufen kann, dass er ihn nicht bringen wird, greife ich ein. »Ich habe gar keine Zeit. In einer Stunde muss ich beim Anwalt sein.«

Enttäuscht schaut er mich an. »Und danach?«

»Danach hole ich die Kinder von der Schule ab.«

»Und danach?«

»Danach fahre ich in die Heide und buche verbindlich den Schafstall.«

»Gute Idee, ich komme mit.«

Claudius gibt mir nicht die Möglichkeit, Moritz zu widersprechen, denn er platzt lautstark in unsere Unterhaltung. »Was ist denn nun? Fährst du mich?«, ruft er und rollt genervt die Augen.

Ich winke ihm zu. »Aber zur Hochzeit bist du doch wieder da, oder?«

Er hebt beide Daumen in die Höhe und grinst. »Ich komme schon am Freitag zurück, und zwar mit einem deutlich besseren Geschenk als deinem.«

Na, da bin ich aber gespannt, denke ich und wünsche ihm einen guten Flug.

Moritz will mich ohne einen Kuss nicht abfahren lassen. Seine Vehemenz verursacht schon wieder dieses Bauchkribbeln in mir.

Pünktlich treffe ich in der Kanzlei ein. Heute bin ich ganz ruhig, denn es geht schließlich nicht mehr um meine Kinder, sondern nur um Geld.

»Das soll ich unterzeichnen«, beginne ich das Gespräch und reiche meinem Advokaten den Schriftsatz.

Der mustert den Papierstapel und bläst die Backen auf. »Limited? Ehrlich gesagt, Frau Baumgarten, das ist nicht gerade mein Fachgebiet. Ich brauche Zeit, um diese Angelegenheit zu prüfen. Ein Kollege von mir hat sich auf Wirtschaftsrecht spezialisiert. Ich werde ihn für Sie konsultieren.«

Er erhebt sich und reicht mir die Hand. Der Termin, auf den ich einen ganzen Tag warten musste, ist binnen fünf Minuten vorbei.

Genau so schlau wie vorher steige ich in meinen Wagen und fahre zum Supermarkt, um für das Mittagessen einzukaufen.

Zugegeben, ich schaue beim Fahren selten in den Rückspiegel. Ich lenke meinen Blick immer auf die Straße, die vor mir liegt. Es ist also reiner Zufall, dass mir der rote Golf auffällt, der mir seit einigen Minuten folgt.

Oder irre ich mich?

Ich lasse es darauf ankommen und fahre auf den Kundenparkplatz eines Elektronikgroßhandels. Und tatsächlich. Der Wagen hinter mir setzt ebenfalls den Blinker.

Ich quetsche meinen SUV in eine Lücke und beobachte im Seitenspiegel, was der Golffahrer vorhat. Nicht *der* Fahrer, sondern eine Fahrerin steigt aus dem Auto und kommt auf mich zu.

Ich erkenne sie erst, als sie an meinem heruntergekurbelten Seitenfenster steht und mich mit Namen anspricht. »Frau Baumgarten. Wir sollten uns unterhalten.«

»Worüber?«, blaffe ich Arnes Sekretärin an, als mir einfällt, dass der Taxifahrer, der mich kürzlich zu Moritz brachte, auch einen roten Golf als Verfolger ausgemacht hatte. »Wie lange observieren Sie mich schon? Hat mein Mann Sie auf mich angesetzt? Richten Sie ihm aus, dass ich es mir verbitte, ausspioniert zu werden.«

Nach meiner unmissverständlichen Ansage gebe ich Gas. Ich bin so schnell weg, dass sie keine Gelegenheit hat, mir zu folgen.

Noch während der Fahrt versuche ich, Arne zu erreichen, aber auf seinem Handy springt nur die Mailbox an; auch im Büro läuft der Anrufbeantworter. Beide Male hinterlasse ich die gleiche Nachricht. »Pfeife deinen Spürhund zurück! Was ich mache und mit wem ich mich treffe, geht dich nichts mehr an!«

Ich bin nach wie vor fuchsteufelswild, als ich das Mittagessen vorbereite. Auf die Schnelle koche ich Nudeln und putze Gemüse, nicht ohne die Uhr aus den Augen zu lassen. Wenn ich die Kinder nicht warten lassen will, muss ich mich sputen.

Als Muriel nach Schulschluss aus der Tür tritt, ist mir sofort klar, dass etwas nicht stimmt. Ihre Wangen sind gerötet und sie unterhält sich wild gestikulierend mit ihren Mitschülern. Ich steige aus dem Auto, um ihr entgegenzugehen und sie zu fragen, was passiert ist.

Schon nach wenigen Schritten entdecke ich Moritz. Er lehnt am Eingangstor und winkt mir zu. Ich frage ihn, was ihn hierher verschlagen hat, als meine Tochter wie ein Rohrspatz schimpfend auf ihn zustürmt. »Herr Böhncke ist so fies! Er hat mir unterstellt, ich hätte beim Test abgeschrieben. Dabei hab ich das gar nicht mehr nötig, nachdem ich mit dir geübt habe.«

»Sprichst du etwa von deinem Mathelehrer?«, folgert Moritz.

»Ja, der ist so bescheuert!« Sie kocht vor Wut.

»Der muss wirklich bescheuert sein«, pflichtet Moritz ihr bei. »Wo finden wir diesen Blindfisch?«

»Bestimmt ist er im Lehrerzimmer«, meint sie. »Sein Wagen steht jedenfalls noch auf dem Parkplatz.«

»Na, der kann was erleben«, droht Moritz und nimmt Muriel an die Hand.

Den Weg zum Lehrerzimmer können sie sich sparen, denn der Pauker nähert sich bereits nichts ahnend seinem Fahrzeug.

»Sind Sie Herr Böhnicke?«, ruft Moritz ihm zu.

»Nicht Böhnicke, sondern Böhncke.« Darauf besteht er.

Moritz attestiert ihm, als Pädagoge eine absolute Pfeife zu sein. »Sie haben den falschen Beruf! Statt Ihre Schülerin zu loben, weil sie den Stoff, den *Sie* ihr im Unterricht nicht beibringen konnten, zu Hause nachgeholt hat, unterstellen Sie ihr, geschummelt zu haben.«

»Und wer sind Sie?«, fragt Böhncke nach.

»Ich bin der Mann, der Ihren Job übernommen hat. Dank mir hat die Kleine es jetzt drauf. Prüfen Sie sie, statt sie vor allen Mitschülern zu bezichtigen, abgeschrieben zu haben!«

Ich muss Moritz dringend bremsen. Mit aller Kraft ziehe ich ihn vom Schulgelände. »Spinnst du? So kannst du doch nicht mit Muriels Lehrer reden«, werfe ich ihm vor.

Meine Tochter sieht das anders. Sie strahlt und bedankt sich für die unerwartete Unterstützung. »Du bist echt cool, Moritz. Das hätte mein Vater sich nie getraut.«

Nun hat er nicht mehr nur bei Joshi gepunktet. Auch meine Tochter ist nach der Aktion ein Fan von ihm.

Als mein Sohn sich endlich blicken lässt, will er nicht wissen, was gerade los war. Ihm liegt eine ganz andere Frage auf dem Herzen. »Was gibt es heute zu Mittag?«

»Ich habe einen Auflauf vorbereitet.«

»Kommt Moritz mit zum Essen?«, will Muriel wissen, die nach wie vor seine Hand fest umklammert.

Ich schaue ihn an und hoffe, dass er ablehnt. Doch er grinst mich an und erklärt, dass er einen Bärenhunger habe. »Auflauf klingt super.«

THINK POSITIVE

MORITZ

Zu Hause bei Marek angekommen, schickt Valentine ihre Kinder zur Nachbarin. Sie sollen Mika, der heute von Irene aus der Kita abgeholt wurde, Bescheid geben, dass es gleich Essen gibt. Während die beiden durch den Garten flitzen, folge ich ihr in die Küche.

Da wir beide jetzt allein sind, hoffe ich, dass wir ungestört schmusen können. Doch Valentine lehnt meinen Annäherungsversuch ab und weist mich zurück.

»Was hast du dir nur dabei gedacht? Ist dir mal die Idee gekommen, dass meine Tochter die nächsten Jahre mit diesem Lehrer auskommen muss?«

»Ich konnte nicht anders, als diesem Idioten die Meinung zu geigen.«

»Fein! Dann geht es *dir* jetzt besser, aber Muriel wird es ausbaden müssen. Wenn du eigene Kinder hättest, wüsstest du, dass man sich niemals mit den Lehrkräften anlegt.«

Na bravo. Jetzt habe ich zwar Muriels Zuneigung gewonnen, mir aber bei Valentine einen fetten Minuspunkt eingehandelt. Ich befürchte schon, dass sie mich bitten wird, sofort zu

178

verschwinden, aber sie stellt fünf Teller auf den Tisch. Damit ist klar, dass ich bleiben darf.

»Du hast recht«, pflichte ich ihr schließlich bei. »In meiner Wortwahl bin ich vielleicht zu weit gegangen. Aber solche Ungerechtigkeiten gehen mir einfach gegen den Strich. Muriel ist so klein und zart. Sie kann sich in ihrem Alter doch noch nicht allein zur Wehr setzen.«

Meine Erklärung verfehlt ihre Wirkung, denn Valentine schaut noch immer verkniffen drein.

»Ich hätte das schon auf meine Weise geregelt.«

Bevor sie mir noch weiter Vorwürfe macht, wechsle ich das Thema: »Apropos geregelt. Wie lief denn der Termin mit deinem Anwalt? Hast du alles klären können?«

Sie schüttelt den Kopf. »Leider nicht. Er prüft die Angelegenheit und meldet sich.«

Als sie Bestecke und Servietten aus der Schublade nimmt, murmelt sie: »Ich würde zu gern wissen, was Arne im Schilde führt.«

Ich bitte sie, mir zu erklären, wovon sie spricht.

»Er lässt mich von seiner Sekretärin beschatten. Ist das nicht eine bodenlose Unverschämtheit? Sie ist mir heute durch die halbe Stadt gefolgt. Und das nicht zum ersten Mal.«

Mir fällt absolut kein plausibler Grund ein, warum Arne so was veranlassen sollte, dennoch gefällt es mir nicht. »Ich könnte ihn mir mal vorknöpfen.«

Valentine streckt beschwörend die Hände in die Luft. »Du hast dir heute bereits Herrn Böhncke vorgeknöpft. Ich finde, das sollte für einen Tag reichen.«

Sie bittet mich, Platz zu nehmen, und stellt den Nudelauflauf auf den Tisch. Gespannt schaut sie aus dem Fenster. »Wie lange dauert es denn, Mika rüberzuholen? Wenn sie nicht bald kommen, ist das Essen kalt.«

Kalt? Das Gericht dampft und ist bestimmt kochend heiß. Allerdings nicht halb so heiß wie Valentine in ihrer engen Jeans. Zu gern würde ich jetzt über ihren knackigen Po streichen.

»Es reicht«, schimpft sie fünfzehn Minuten später und ruft bei Irene an. »Würdest du bitte die Kinder rüberschicken. Ich warte mit dem Essen. – Wie, sie essen schon bei dir? – Nun, wenn sie deinen Braten meinem Auflauf vorziehen, wünsche ich euch guten Appetit! – Nein, ich bin nicht sauer. Ich bin stinksauer!«

Ohne Abschiedsgruß legt sie auf und pfeffert das Handy auf den Tisch. Dann wendet sie sich mir zu und schimpft: »Ich liebe es, für die Mülltonne zu kochen.«

»Tu das nicht!«, rufe ich und kann gerade noch verhindern, dass sie das Essen in den Abfalleimer wirft.

»Wer mag denn schon kalten Nudelauflauf?«

»Ich! Ich mag alles, was von deinen Händen zubereitet wurde.« Ohne zu zögern, greife ich nach ihr und küsse jeden einzelnen Finger.

Völlig verdutzt schaut sie mich an. »Warum tust du das jetzt? Merkst du nicht, dass ich kurz davorstehe auszuflippen?«

»Nur weil die Kinder lieber bei Irene essen wollten? Das ist doch kein Grund, sich aufzuregen. Warum siehst du es nicht positiv? Nun müssen wir nur zwei Teller spülen.«

Ich lobe Valentines Essen und verputze meine Portion bis auf den letzten Käsekrümel.

»Dann können wir ja jetzt los«, erkläre ich.

»Nicht sofort«, widerspricht sie. »Erst bekommt Irene eine SMS von mir. Ich werde sie bitten, bis zu meiner Rückkehr auf die Kinder aufzupassen.«

Irene ist einverstanden.

Eine knappe Stunde später erreichen wir das kleine Heidedorf. Allerdings kennt mein Navi die Straße nicht, in der sich der

Schafstall befinden soll. Beim Ortseingangsschild heißt es: *Sie haben Ihr Ziel erreicht.* Valentine greift zum Handy und ruft den Besitzer an.

»Wir sollen zum Lokal an der Hauptstraße fahren und dort auf ihn warten«, richtet sie mir aus.

Wie befohlen kutschiere ich uns zum Treffpunkt.

Irritiert starre ich aus dem Fenster und beobachte zahlreiche Senioren, die aus einem Reisebus steigen. Mit Rucksack und Wanderstiefeln ausgestattet machen sie sich auf, die Heideblüte zu bestaunen.

Der Schäfer, der, wie sich kurz darauf herausstellt, gar kein Schäfer ist, sondern nur so heißt, schlägt vor, ihm und der Reisegruppe zu folgen. Mir kommen erste Zweifel.

Weitere machen sich in mir breit, als wir nach einem zehnminütigen Fußmarsch unser Ziel noch immer nicht erreicht haben.

Völlig entsetzt bin ich, als ich sehe, dass der Schafstall eine einfache Bretterscheune ist, in der Landfrauen ein rustikales Kuchenbüfett aufgebaut haben. Die vornehmlich älteren Damen schneiden Torten in Stücke und schenken Kaffee in Henkelbecher. Serviert wird nicht. Die Wanderer stehen in der Schlange und müssen sich die Gedecke selbst abholen.

Jede Kantine hat mehr Charme, denke ich und zupfe sanft an Valentines Arm. »Bist du dir sicher, dass wir hier richtig sind?«

Als könnte sie meine Gedanken lesen, verzieht auch sie missmutig das Gesicht. »Im Internet sah alles viel netter aus.«

Ich bekomme einen unerwarteten Schulterklopfer. »Na, wie gefällt es Ihnen?«, brüllt Schäfer mir ins Ohr. »Sie haben großes Glück. Normalerweise ist der Schafstall an den Wochenenden ausgebucht. Insbesondere zur Zeit der Heideblüte. Dann ist hier Hochsaison.«

Mehr als ein »Aha« bringe ich nicht heraus.

»Das ist der Super-GAU«, flüstert Valentine mir zu und senkt verzweifelt den Kopf. »Was machen wir denn jetzt? Uns läuft die Zeit davon.«

Auch Schäfer bemerkt, dass uns seine Location nicht zusagt. »Über den Preis können wir verhandeln«, versucht er, mit uns ins Geschäft zu kommen. »Ich bin bereit, Ihnen einen Nachlass zu gewähren. Einen sogenannten Last-minute-Rabatt.«

»Das ist nicht der Punkt«, erwidere ich. »Der Stall ist viel zu groß für unsere kleine Gesellschaft.«

»Wie klein?«, hakt Schäfer nach.

Valentine überlegt und rechnet im Kopf nach. »Mit den Kindern werden wir zwanzig.«

»Wenn Sie wollen, stelle ich Trennwände auf«, bietet Schäfer an. Doch unser simultanes Kopfschütteln signalisiert ihm, dass er uns nicht umstimmen kann. Statt beleidigt zu reagieren, empfiehlt er uns, im Heidekrug vorzusprechen. »Vielleicht ist die Kegelbahn noch frei.«

Sein Vorschlag löst keine Begeisterungsstürme aus. Im Gegenteil. Valentines Augen füllen sich mit Wasser. Nach einem abschließenden Blick fließen die ersten Tränen. »Was machen wir denn bloß?«, jammert sie.

Schäfer kann offensichtlich keine Frau weinen sehen. Erst recht keine künftige Braut. Er geht nämlich fest davon aus, dass *wir* das Hochzeitspaar sind. Nachdenklich kratzt er sich am Kopf. »Fragen Sie doch mal in Wesel nach. Dort hat der Förderverein vor ein paar Jahren das historische Hexenhaus restauriert. Da sollen auch Trauungen stattfinden, habe ich gehört.«

Obwohl ich dieser ländlichen Idylle nichts abgewinnen kann und Valentine am liebsten vorschlagen möchte, dass wir uns in Hamburg umsehen sollten, nicke ich. »Einen Versuch ist es wert.«

Auf dem Rückweg zum Wagen lege ich meinen Arm um ihre Schulter.

»Nun sag es schon!«, fordert sie mich auf. »Mach mir Vorwürfe. Halte mir vor, dass ich zu blöd bin, um einen geeigneten Ort zu finden.«

Ich bleibe stehen und umrahme mit den Händen ihr trauriges Gesicht. »Wieso sollte ich dir Vorhaltungen machen? Wir werden schon etwas Passendes finden. Think positive, Süße!«

Ein Lächeln huscht über ihre Miene. »Ich bin so froh, dass du mitgekommen bist. Ja, zusammen werden wir einen schönen Ort finden.«

Wenig später erreichen wir den zehn Kilometer entfernten Nachbarort. Ich halte einen Fahrradfahrer an und frage ihn nach dem Hexenhaus.

»Sie stehen direkt davor«, antwortet er und streckt seinen rechten Arm aus.

Auf einem parkähnlichen Grundstück entdecken wir ein kleines reetgedecktes Backsteinhäuschen. Valentines Laune bessert sich schlagartig. »Ja, genauso habe ich es mir vorgestellt.«

Sie steigt aus und nimmt direkten Kurs auf die holzgerahmte Infotafel, die am Zaun hängt. Laut liest sie vor: »Das ehemalige Backhaus wurde 1731 erbaut. Nach der Instandsetzung steht es für kulturelle Events und Trauungen zur Verfügung. Der große Garten bietet ausreichend Platz für Empfänge. Bei Interesse melden Sie sich telefonisch unter …«

Während ich die Rufnummer notiere, späht Valentine durch die Fenster. »Komm schnell her, Moritz, und sieh dir das an.«

Ich werfe ebenfalls neugierige Blicke durch die kleinen Sprossenfenster. So, wie es sich uns darstellt, verfügt das Haus über zwei Zimmer. Beide sind geschmackvoll möbliert.

»Es gibt sogar weiße Hussen«, schwärmt Valentine und fordert mich auf, die Stühle zu zählen. Ich komme auf dreiundzwanzig.

»Perfekt«, quietscht sie und bittet mich, sofort den Eigentümer zu kontaktieren. Mein Anruf landet in der Gemeindeverwaltung. Die verantwortliche Mitarbeiterin erklärt, dass eine Besichtigung so kurzfristig nicht möglich sei. Erst als Valentine mir das Handy entreißt und ihr unsere verzwackte Situation schildert, lässt sie sich erweichen.

»Dann kommen Sie zu mir in die Verwaltung und holen sich den Schlüssel ab.«

Eine halbe Stunde später sitzen wir einer Beamtin gegenüber, die pikiert den Kopf schüttelt. »Schon am kommenden Samstag? Na, Sie haben ja Nerven!«

»Hatten wir, aber mittlerweile liegen sie blank«, erklärt Valentine und drückt erneut auf die Tränendrüse.

Nachdem unser Gegenüber unerträglich lange den Monitor fixiert, spricht sie die erlösenden Worte. »Das Haus wäre zwar frei, aber der Standesbeamte hat am Samstag keine Zeit. Tut mir leid.«

»Das macht nichts. Wir bringen unseren eigenen mit«, erklärt Valentine und schnappt sich den Schlüssel.

»Also gut. Fürs Catering, den Blumenschmuck et cetera müssen Sie allerdings selbst sorgen«, gibt die Gemeinde-Tante zu bedenken.

»Kein Problem«, versichere ich und zahle die Gebühren. »Sollen wir den Schlüssel später wieder bei Ihnen abgeben?«

Sie verneint. »Es reicht, wenn Sie ihn nach der Feier in den Briefkasten werfen.« Mit einer Kopfbewegung deutet sie auf einen Spartopf, der vor ihr auf dem Schreibtisch steht. »Der Förderverein freut sich über jede Spende.«

Ich verstehe und stecke einen braunen Schein in den Schlitz.

Zurück im Wagen greift Valentine sofort zu ihrem Handy. Sie ruft den Hamburger Standesbeamten an und fragt, ob er bereit wäre, die Trauung in der Lüneburger Heide vorzunehmen.

»Wir wären auch bereit, einen saftigen Aufschlag zu bezahlen«, informiert sie ihn. Gleich darauf ballt sie ihre Finger zu einer Beckerfaust und streckt sie jubelnd in die Luft. Sie legt auf und juchzt: »Jetzt läuft es.«

Können diese Augen lügen

Valentine

»Zufrieden?«, fragt Moritz, während ich die beiden Räume inspiziere.

»Und wie. Du etwa nicht?«

»Nee, mir fehlt was, um richtig zufrieden sein.«

Ich habe keine Ahnung, was ihm nicht reicht. Diese Location ist ein Traum. In Gedanken sehe ich Inga bereits in ihrem Kleid den kurzen Gang entlangschreiten. Sie strahlt und wirft uns dankbare Blicke zu.

»Was vermisst du denn?«, erkundige ich mich bei Moritz, der sich inzwischen in Richtung Tür bewegt. Ich folge ihm und wiederhole meine Frage.

Doch er hat gar nicht vor, zu gehen, sondern schließt von innen ab. Bedächtig und mit einem Blick, der mir ganz weiche Knie beschert, kommt er auf mich zu.

»Um rundum zufrieden zu sein, fehlt mir etwas ganz Entscheidendes«, raunt er mir zu, bevor er mich in die Arme zieht. Verlangend schaut er mich an. »Küss mich, endlich, Valentine!«

Er wartet nicht ab, sondern drückt seine Lippen auf meinen Mund, während seine Hände über meinen Po fahren.

Ich spüre seinen Atem an meinem Hals und schließe die Augen. Ich genieße dieses Kribbeln, das sich heute noch viel intensiver anfühlt als gestern. Seine Berührungen bringen mich fast um den Verstand.

»Du machst mich wahnsinnig«, haucht er und wandert mit der Hand unter mein Shirt.

Selbst wenn ich wollte, könnte ich mich ihm jetzt nicht mehr entziehen. Mein Körper steht in Flammen und ich will nur noch eins.

Wenig galant, aber dafür blitzschnell ziehe ich meine Hose aus und beiße mir mit einem verführerischen Lächeln auf die Lippen.

Gleich darauf umgreift Moritz meine Hüften, hebt mich hoch und setzt mich auf den Tisch, an dem der Standesbeamte am kommenden Samstag seine Traurede halten wird.

Ich liege rücklings auf der harten Holzplatte und vergehe vor Verlangen, während Moritz meine Innenschenkel küsst. Als seine Zunge meine empfindlichste Stelle liebkost, bäume ich mich lustvoll auf und stöhne laut auf.

»Hör nicht auf!«, flehe ich, als es unvermittelt an die Tür hämmert.

Moritz dreht den Kopf zur Seite und wirft einen kurzen Blick aus dem Fenster. »Verdammte Scheiße!«, flucht er und lässt sofort von mir ab.

Ich schreie nicht minder frustriert auf, während Moritz aus dem Fenster späht.

»Die Gemeindetussi ist gekommen«, stöhnt er leise, bevor er sich bückt und meine Hose aufhebt. »Zieh dich schnell an. Ich gehe raus zu ihr und halte sie auf.«

Hektisch schlüpfe ich in meine Jeans, als ich die Stimme der Verwaltungsangestellten höre.

»Ich habe noch einmal mit meinem Kollegen Rücksprache gehalten. Er wäre bereit, am Samstagmorgen um zehn Uhr die

Trauung durchzuführen. Allerdings müssten die Formalitäten vorher geklärt werden. Wenn Sie wollen, fordere ich die Unterlagen aus Hamburg an.«

Ich hole tief Luft, bevor ich nach draußen rufe. »Das ist sehr nett von Ihnen, aber nicht nötig. Wir haben bereits die feste Zusage unseres Standesbeamten.«

Obwohl nun alles geklärt sein sollte, fährt sie nicht ab, sondern kommt herein. So, wie sie mich anschaut, bin ich mir sicher, dass sie ahnt, was sich hier gerade abgespielt hat.

Abgespielt hat?

Wohl eher, was sich hätte abspielen können, wäre sie nicht reingeplatzt.

»In Ordnung. Wenn Sie keine Fragen mehr haben, dann können wir ja jetzt gehen«, bestimmt sie und stellt sich in den offenen Türrahmen. Das nenne ich einen gelungenen Rauswurf.

Sie wartet, bis wir abfahren, erst danach setzt sie sich in ihren Wagen.

»Das gibt es doch nicht!«, ärgert Moritz sich. »An zwei aufeinanderfolgenden Tagen werden wir gestört!«

Ich muss laut lachen.

»Sag jetzt bitte nicht wieder: *Es sollte nicht sein*!«

»Sag ich nicht«, antworte ich schmunzelnd.

Er schnaubt weiterhin vor Wut. »Wenn ich dich nicht bald lieben darf, drehe ich durch. Ich habe noch nie eine Frau so begehrt wie dich.«

Das hat noch kein Mann zu mir gesagt. Auch ich möchte ihm gestehen, dass ich mich nach ihm verzehre, aber weil ich es nicht noch schlimmer machen will, wechsle ich das Thema. »Hast du gehört, was die Dame vom Amt gemeint hat? Um die Verpflegung müssen wir uns selber kümmern.«

»Das wird doch wohl kein Problem sein«, entgegnet er zerknirscht. »Wir bestellen Essen.«

»Um das Essen mache ich mir keine Sorgen, aber wer bereitet die Getränke zu? Das müssen wir doch nicht auch noch übernehmen. Schließlich sind wir ebenfalls Gäste und wollen feiern. Kennst du einen Barkeeper?«

Er nickt. »Eine Freundin von mir ist so eine Art Barkeeperin. Sie hat gerade einen Preis für ihre Kreation gewonnen. Ich werde sie mal fragen, ob sie sich am Wochenende was dazuverdienen will.«

Skeptisch beäuge ich ihn. »Eine enge Freundin?«

»Ich rede von Dana. Du hast sie am Elbstrand kennengelernt.«

Er muss die Frau meinen, die behauptet hat, dass sie Moritz ihr Leben verdankt. Ich bitte ihn, mir die ganze Geschichte zu erzählen.

»Ihr Mann hat sie misshandelt und tagelang ans Bett gefesselt.«

»Wie furchtbar!« Ich schlucke und ringe um Fassung.

Moritz nickt ernst. »Nachdem sie sich von ihm getrennt hat, ist er völlig durchgedreht und hat Simon mit einem Messer schwer verletzt.«

»Wer ist Simon?«

»Ein Freund von mir. Er ist mit Lores Enkelin verheiratet.«

»Lore, deine Nachbarin?«

Als er bejaht, rufe ich mir ihre Warnung in Erinnerung. »Sie ist der Ansicht, dass du einen beachtlichen Frauenverschleiß hast.«

Entgeistert reißt Moritz die Augen auf. »Bitte? Wie kommt sie denn darauf?«

»Das weiß ich auch nicht. Aber sie hat mir berichtet, dass sich die Damen bei dir die Klinke in die Hand geben.«

Moritz ist sichtlich empört. »Wie kann sie solche Gerüchte in die Welt setzen? Mit Ausnahme von Svenja und meiner

Steuerberaterin haben mich noch nie Frauen im Penthouse besucht.«

Ich schaue ihn prüfend an. Können diese Augen lügen?

Bevor Moritz mich bei Inga absetzt, fährt er in eine Seitenstraße. Er ahnt wohl, dass ich ihn vor der Haustür zum Abschied nicht küssen würde. Die Gefahr, dass die Kinder uns dabei beobachten, ist viel zu groß. Bevor ich nicht sicher sein kann, wohin es mit uns beiden führt, sollen sie in Moritz nur den Trauzeugen und einen guten Freund sehen, mit dem ich die Hochzeit ihrer Tante plane.

Erneut verlieren wir uns in leidenschaftlichen Küssen. Ich mag mich gar nicht von ihm lösen. Letztendlich gelingt es mir doch und ich öffne die Wagentür.

»Du brauchst mich nicht bis zur Tür zu bringen. Ich gehe den kurzen Weg zu Fuß.«

»Telefonieren wir später noch mal?«

Ich nicke, werfe ihm einen Luftkuss zu und warte, bis sein Wagen aus meinem Sichtfeld verschwunden ist.

Nach einem tiefen Atemzug bin ich bereit, in den Muttermodus zu wechseln. Aufrecht und mit festen Schritten nähere ich mich Ingas Haus, als ich einen Wagen bemerke, der langsam neben mir herrollt.

Schon wieder der rote Golf!

Silvana kurbelt das Fenster runter und ruft mir zu. »Nun bleiben Sie doch endlich stehen!«

Ich schenke ihr einen abfälligen Blick. »Habe ich mich heute Vormittag nicht deutlich genug ausgedrückt? Hören Sie auf, mich zu belästigen!«

»Sie irren sich. Ich bin nicht in Arnes Auftrag hier. Er weiß gar nicht, dass ich Kontakt zu Ihnen suche.«

Sie nennt ihn beim Vornamen? »Arne?«, wiederhole ich. »Seit wann duzen Sekretärinnen ihren Chef?«

»Das sehen Sie falsch. Ich bin nicht nur seine Sekretärin, Frau Baumgarten. Genau darüber will ich mit Ihnen sprechen.«

Hä? Teilt diese Tussi mir gerade mit, dass sie und mein Ex auch privat verbunden sind? Das nennt man wohl den *Klassiker*. Meinetwegen! Er kann tun und lassen, was er will.

Ihr Ton wird schärfer. »Sie dürfen die Papiere nicht unterschreiben! Tun Sie es doch, droht Ihnen gewaltiger Ärger. Darauf gebe ich Ihnen mein Wort!«

Das wird ja immer schöner. Nicht nur, dass sie während meiner Ehe mit meinem Noch-Ehemann anbändelt, sie droht mir auch noch. »Geht's noch?«, fauche ich und erhöhe das Tempo.

Doch Silvana lässt sich nicht abschütteln. Sie folgt mir bis zur Einfahrt. »Ich werde nicht zulassen, dass Sie sich alles unter den Nagel reißen, während ich mir die Nase wische!«

Aha, daher weht der Wind. Die Lady mit den knallroten Lippen sieht ihre Felle davonschwimmen.

»Ich habe mich nicht wochenlang ins Zeug gelegt, um kurz vor dem Ziel mit leeren Händen dazustehen.«

»Wie *Sie* dastehen, interessiert mich nicht im Geringsten. Und nun lassen Sie mich in Ruhe!«

»Das können Sie vergessen! Ich werde niemals Ruhe geben. Sollten Sie die Geschäfte weiterführen, dann …«

Ich höre mir diesen Blödsinn keine Sekunde länger an und marschiere forschen Schrittes ins Haus.

Inga erwartet mich schon. Sie muss mich vom Fenster aus beobachtet haben, denn sie fragt, wer die Frau war und was sie von mir wollte.

»Das war Arnes neue Assistentin. Wie ich gerade erfahren habe, assistiert sie ihm nicht bloß im Büro.« Weitere Einzelheiten verkneife ich mir, denn vor den Kindern will ich nicht erzählen, dass ihr Vater mich mit dieser Schlampe betrogen hat.

WENN DU MICH LÄSST

MORITZ

Wie sehr ich mich darauf freue, morgen Nachmittag mit Valentine an die Ostsee zu fahren, um das Bootshaus für Marek und Inga herzurichten, habe ich ihr bisher nur per SMS mitteilen können, denn seit unserem letzten Zusammentreffen ist bei ihr ständig besetzt. Ich starte einen letzten Versuch, um noch einmal ihre Stimme zu hören, bevor ich ins Bett gehe, und rufe sie an, als Friedrich überraschend mit seiner gepackten Tasche im Wohnzimmer erscheint. Er will sich verabschieden.

»Ich bin fertig geworden und fahre jetzt nach Hause.«

Obwohl ich nicht traurig bin, meine Wohnung fortan wieder allein für mich zu haben, will ich wissen, warum er nicht noch einen Tag bleibt. »Du lässt dir den Junggesellenabschied entgehen? Das wird Marek nicht gefallen. Er hat fest mit dir gerechnet.«

»Feiert ohne mich«, erwidert er emotionslos und legt seine Rechnung auf den Tisch. »Richte Claudius aus, dass ich für einen prompten Ausgleich sehr dankbar wäre.«

Ich werfe einen kurzen Blick auf die Endsumme und wundere mich. »Du hast die Mehrwertsteuer vergessen.«

»Hab ich nicht. Ich bin Kleinunternehmer und darf keine ausweisen.«

»Na dann.« Ich lege mein Handy aufs Sofa, um nach seiner Hand zu greifen, die er mir zum Abschied entgegenstreckt.

»Danke, dass du mir ein Zimmer überlassen hast.«

Und wieder antworte ich mit einer Floskel. »Gern geschehen.«

»Ich hoffe, der Barber Shop wird ein Erfolg, obwohl …« Er bricht mitten im Satz ab.

»Was *obwohl*?«

Er setzt sich. »Glaubst du, dass so ein Geschäftsmodell in einer Kleinstadt wie dieser funktioniert? Wie viele Einwohner hat dieses Kaff?«

Ich kann es gar nicht leiden, wenn mein Heimatort als Kaff bezeichnet wird. Im Grunde genommen teile ich Friedrichs Bedenken, dennoch gebe ihm nicht recht. »Claudius wird sich schon was dabei gedacht haben.«

»Er soll sich melden, wenn er die nächste Filiale plant.«

»Richte ich aus«, verspreche ich und erwarte, dass er, nachdem nun alles gesagt ist, einen Abflug macht. Er steht auch auf, aber er geht nicht zur Tür, sondern marschiert zum Kühlschrank. Mit zwei Pils, die von seinem Sixpack noch übrig sind, kehrt er zurück ins Wohnzimmer. »Lust auf ein Abschiedsbier?«, fragt er und reicht mir eine Pulle.

Ich nehme sie ihm ab und proste ihm zu.

Noch bevor ich ansetze, den ersten Schluck zu nehmen, will er wissen, worauf wir trinken wollen. Weil mir kein passender Trinkspruch einfällt, unterbreitet er einen Vorschlag. »Darauf, dass Valentine mit dir glücklich wird. Sie hat es verdient!«

Erstaunt darüber, dass Friedrich seine Niederlage wie ein Mann nimmt, stoße ich mit ihm an.

»Enttäusche sie nicht! Sonst bekommst du es mit mir zu tun.«

Nach all den Tagen, die er bei mir gewohnt hat, sitze ich das erste Mal entspannt mit ihm zusammen, ohne Lust zu verspüren, ihm eine reinzuhauen. Bei Licht betrachtet ist er sogar ein ziemlich sympathischer Typ. Da die Fronten zwischen uns geklärt sind, kann ich das ansprechen, was mich brennend interessiert. »Wer ist Silvana?«

Es ist nicht zu übersehen, dass ihm meine Frage nicht behagt. »Woher kennst du sie?«

»Ich kenne sie gar nicht. Ich weiß nur, dass ihr häufig miteinander telefoniert habt.«

»Du hast meine Telefonate belauscht?« Seine anfängliche Entrüstung mündet in Gelassenheit. »Jetzt ist es ja auch egal. Valentine hat schließlich nicht unterschrieben und unser Plan ist aufgegangen.«

Ich habe keine Ahnung, von welchem Plan er spricht, und hake nach.

»Du bist nicht der Einzige, den Arne in den Konkurs getrieben hat. Silvanas Vater, ein fleißiger Maurer, ist auch auf seiner Rechnung sitzen geblieben. Sämtliche Vollstreckungsmaßnahmen verliefen im Sande. Anders als du ist er nicht wieder auf die Beine gekommen. Uns allen war klar, dass Baumgarten sein Vermögen verschoben hat. Um ihm auf die Schliche zu kommen, hat Silvana sich bei ihm als Sekretärin beworben und ihn ausspioniert. Nur ihrem Einsatz ist es zu verdanken, dass wir ihn am Haken haben. Seine Limited ist Geschichte. Es ist ihm nicht gelungen, seine Anteile rechtzeitig auf Valentine zu übertragen. Gestern wurden seine Gesellschaftsanteile gepfändet.«

»Wen meinst du mit *wir*? Was hast du damit zu tun?«

Aus Friedrich spricht der pure Hass. »Ich habe alle Gläubiger zusammengetrommelt. Seit Jahren arbeite ich akribisch daran, diesen Verbrecher fertigzumachen. Ich wollte ihn am Boden liegen sehen, pleite und von seiner Frau verlassen. Auch wenn ich selbst bei Valentine nicht landen konnte, habe ich dank dir mein Ziel letztendlich doch noch erreicht. Arne Baumgarten ist geschäftlich und privat erledigt!«

Er stellt die leere Bierflasche auf den Tisch und verlässt mit einem triumphierenden Gesichtsausdruck mein Penthouse.

Ich lasse seine Worte auf mich wirken. Er hat Valentine bloß schöne Augen gemacht, um sie und Arne auseinanderzubringen? Wie krank ist das denn? Den Sympathiepunkt, den ich ihm gerade verliehen habe, nehme ich ihm sofort wieder ab.

»Hallo!«, tönt es plötzlich, und ich schrecke auf. Spinne ich oder habe ich wirklich gerade die Stimme meiner Süßen gehört? Ich nehme mein Handy zur Hand und stelle fest, dass Valentine in der Leitung ist.

»Wie kommt es, dass du dran bist?«

»Du hast mich angerufen und dafür bin ich dir sehr dankbar. Euer Gespräch war sehr aufschlussreich. Ich bin so ein Dussel. Wie konnte ich mich nur so in ihm täuschen.«

»In Friedrich?«

Ich deute ihr lautes Stöhnen als Ja.

»Arne hatte vollkommen recht mit seiner Vermutung: Friedrich hat sich meine Freundschaft nur erschlichen, um ihm zu schaden. Jetzt ist der Vater meiner Kinder mittellos und kann noch nicht einmal für den Unterhalt aufkommen. Das ist alles meine Schuld. Warum habe ich Arne bloß misstraut und die Papiere nicht sofort unterschrieben? Ich bin so dumm!«

»Du bist nicht dumm. Du warst vorsichtig. Und das war angesichts seiner Machenschaften auch angebracht.«

»Bitte rate mir jetzt nicht wieder, das Ganze positiv zu sehen.«

»Okay«, erwidere ich stattdessen. »Dennoch solltest du nicht schwarzsehen. Ich verspreche, dir und den Kindern beizustehen, wenn du mich lässt.«

Statt mein Angebot anzunehmen, wimmelt sie mich ab. »Lass uns morgen weiterquatschen. Ich bin nach diesem Tag völlig erledigt.«

Ich zeige Verständnis und wünsche ihr eine gute Nacht. »Träum von mir!«

ENDE EINER FREUNDSCHAFT

VALENTINE

Wie hätte ich von Moritz träumen können? Um zu träumen, muss man schlafen, und an Schlaf war die letzte Nacht nicht zu denken. Sorgen und Existenzängste haben mich bis in die frühen Morgenstunden geplagt. Dennoch habe ich mir morgens beim Frühstück nichts anmerken lassen. Ich wollte meine Kinder nicht beunruhigen und meiner Schwester nicht die Vorfreude auf die morgige Hochzeit verderben.

Weil ich Arne erneut nicht telefonisch erreichen kann, setze ich mich ins Auto und fahre zur Firma.

Bereits in der Tiefgarage fällt mir auf, dass sein Wagen nicht auf dem reservierten Stellplatz steht, und ich ahne, dass ich ihn hier nicht antreffen werde. Und richtig. Die Tür zu seinem Büro ist verschlossen und auf mein Klingeln reagiert niemand.

Ich versuche mein Glück in der Stadtvilla. Doch auch dort fehlt von seiner Limousine jede Spur.

Mit meinem Schlüssel verschaffe ich mir Zutritt ins Haus.

Schon im Flur trifft mich fast der Schlag. Das Bild, das sich mir bietet, lässt die Vermutung zu, dass Einbrecher für diese Verwüstung verantwortlich sind.

Das Chaos setzt sich im Wohnzimmer fort. Bilder, Glaskunst und Kerzenhalter, die früher die Anrichte geschmückt haben, liegen zerdeppert auf dem Boden.

Als ich zwei leere Schnapsflaschen auf dem Tisch entdecke und mich vergewissere, dass nichts fehlt, leuchtet mir ein, dass Arne selbst dieses Chaos angerichtet haben muss, nachdem er den Pfändungsbeschluss erhalten hat. Ich bin heilfroh, dass die Kinder nicht anwesend waren, als er durchgedreht ist.

Fassungslos verlasse ich das Trümmerfeld.

Noch bevor ich abfahre, rufe ich Friedrich an. Mit dem festen Vorsatz, ihm nicht mitzuteilen, dass ich im Bilde bin, sondern ihn einfach um den Schlüssel für das Bootshaus zu bitten, beginne ich das Gespräch.

»Bleibt es dabei, dass Inga und Marek am Wochenende bei dir übernachten dürfen?«

»Ja, sicher, so haben wir es doch verabredet.«

Dass er völlig unbekümmert mit mir spricht, nachdem er meine und die finanzielle Zukunft meiner Kinder ruiniert hat, macht mich richtig zornig. Nun kann ich mich doch nicht mehr zurückhalten und lasse meiner Enttäuschung über sein Verhalten freien Lauf. »Da du dein Ziel erreicht hast, besteht ja eigentlich keine Notwendigkeit mehr, mir einen Freundschaftsdienst zu erweisen.«

Er gibt vor, nicht zu verstehen, wovon ich spreche. Folglich werde ich deutlicher. »Ich weiß Bescheid, Friedrich, denn gestern Abend wurde ich Ohrenzeuge, als du mit Moritz ein Abschiedsbier getrunken hast. Dass ich bitter enttäuscht von dir bin, muss ich wohl nicht extra betonen.«

»Du bist enttäuscht von mir? Warum denn das? Ich habe dir die Augen geöffnet und dich darin bestärkt, diesen miesen Kerl zu verlassen, weil du was Besseres verdient hast«, ereifert er sich.

Er kann sich jedes weitere Wort sparen. In meinen Augen ist Friedrich nicht länger der verständnisvolle und einfühlsame Freund, dem ich nächtelang mein Herz ausgeschüttet habe, sondern ein von Hass getriebener Manipulant. Schamlos hat er meine Gefühle für eigene Zwecke missbraucht. Das werde ich ihm nie verzeihen.

Doch offensichtlich ist er sich keiner Schuld bewusst. Er setzt dem Ganzen sogar noch die Krone auf. »Du solltest mir dankbar sein, Valentine.«

Dankbar? Ich muss mich beherrschen. Nur weil ich Inga und Marek eine schöne Hochzeitsnacht bescheren will und deshalb auf sein Bootshaus angewiesen bin, flippe ich nicht aus. »Ich wäre dir sehr verbunden, wenn du Moritz den Schlüssel mitgeben würdest.«

»Das ist nicht mehr möglich. Ich bin bereits an der Ostsee. Wann wollt ihr denn kommen? Ich könnte auf euch warten.«

Weil ich unter keinen Umständen mit ihm zusammentreffen will, erkläre ich, dass ich nicht wisse, wann wir losfahren, und bitte ihn, den Schlüssel unter der Fußmatte zu deponieren.

Nachdem das geklärt ist, lege ich auf.

Vorfreude

Moritz

Lautes Sturmklingeln reißt mich morgens aus dem Tiefschlaf. Ich empfehle dem Störenfried, ein gutes Argument zu haben, während ich mich aus dem Bett quäle. Noch nicht ganz wach öffne ich die Tür und stehe Lore gegenüber.

»Du kommst mir gerade recht«, knurre ich und ziehe sie in die Wohnung. »Wie konntest du behaupten, ich wäre ein Weiberheld?«

»Weil du einer bist«, antwortet sie wie selbstverständlich. »Es vergeht doch kaum ein Tag, an dem keine Mieze mit einer roten Tasche den Lift besteigt und zu dir ins Penthouse fährt.«

»Rote Tasche? Meine Güte, Lore, das sind die Mädels vom Pizzalieferdienst, die mir das Abendbrot bringen.«

»Ach so?«

»Mit deinem Gequatsche hättest du mir um ein Haar die Chance auf eine Verbindung mit Valentine versaut! Überleg dir künftig bitte vorher, wem du was erzählst!«

Trotzig stützt sie die Hände auf ihre Hüften. »Bist du endlich fertig und darf ich dir den Grund meines Besuches nennen? Unten steht ein Lieferwagen. Der Fahrer hat bereits bei allen

Bewohnern geklingelt. Er bringt Ware für den Laden. Hättest du die Güte und schließt ihm auf?«

Ich verdrehe genervt die Augen und schlurfe ins Schlafzimmer, um mich anzuziehen. Als ich in meine Jeans steige, bemerke ich, dass Lore mich im Türrahmen stehend beobachtet.

»So, Valentine also! Ich hoffe, sie ist nicht so ein Raffzahn wie deine Ex-Frau. Ich sage nur: Augen auf bei der Partnerwahl.«

»Ich sage: Raus hier! Sonst erzähle ich deinem Hubert, dass du mir ungeniert beim Ankleiden zusiehst.«

Sie setzt sich laut lachend auf mein Bett. »Untersteh dich! Hubert ist eh schon eifersüchtig. Der alte Schwerenöter glaubt tatsächlich, dass sich mein Physiotherapeut nicht nur für meinen geschundenen Rücken interessiert. Ist das zu fassen? Nach all den Jahren hat sich das Blatt gewendet. Jetzt ist es Hubert, der mir nicht über den Weg traut.«

Diese Frau ist wirklich zum Piepen. Ob ich will oder nicht, ich kann ihr einfach nicht lange böse sein. Während ich ein sauberes Shirt aus dem Schrank nehme, mache ich ihr ein Kompliment. »Ich kann Hubert verstehen. Du bist eben eine echte Schnitte und hast nach wie vor Schlag bei den Männern.«

»Ich?«, kreischt sie amüsiert auf. »Ich bin weit über siebzig, mein Lack ist längst ab.«

»Charme und Attraktivität unterliegen keiner Altersbeschränkung. Du bist der beste Beweis. Und nun komm! Wir wollen den Fahrer doch nicht noch länger warten lassen.«

»Wird auch Zeit!«, schimpft der Bote kurze Zeit später. Ich kann seinen Zorn nachempfinden. So lange ist es schließlich noch nicht her, dass auch ich mich darüber geärgert habe, wenn sich die Zustellungen in die Länge gezogen haben.

Mit einem Hubwagen zieht er eine Palette aus dem Laderaum und stellt sie auf dem Bürgersteig ab.

Ich spare mir die Frage, ob er sie ins Geschäft bringen würde, und quittiere den Empfang. Nun liegt es an mir, die rund zwanzig Pakete in den Laden zu schaffen. Statt Claudius zu verfluchen, weil er mich mal wieder als Hiwi missbraucht, nehme ich es mit Humor. Ich werde mir meine gute Laune durch nichts und niemanden verderben lassen, denn ich bin mir sicher, dass es heute mit Valentine und mir klappen wird. Allein die Vorstellung, sie endlich zu lieben, katapultiert meine Stimmung in ungeahnte Höhen.

Als ich den letzten Karton hineintrage, klingelt mein Handy. Es ist Claudius, der mir mitteilt, dass er in wenigen Minuten in Heathrow abfliegen wird.

»Frag mich nicht, ob ich dich vom Flughafen abhole. Ich kann nicht. In weniger als einer Stunde treffe ich mich mit Valentine. Wir fahren an die Ostsee und richten das Bootshaus für Marek und Inga her.«

»Dir auch einen guten Morgen, Moritz«, mokiert er sich, weil ich ihn noch nicht begrüßt habe. »Und nein, ich habe nicht vor, dich zu bitten, uns abzuholen. Wir leihen uns einen Wagen und Steve wird fahren.«

Super, denke ich. Wenn Claudius seinen Geschäftsführer mitbringt, muss ich am Wochenende nicht das Kindermädchen für ihn spielen.

»Den Weg an die Ostsee könnt ihr euch sparen. Marek und Inga bekommen eine Hochzeitsreise von mir geschenkt. Schon morgen Abend geht es für eine Woche in ein Luxusresort auf die Malediven.«

Mir bleibt die Luft weg. »Wissen die beiden von ihrem Glück?«

Claudius lacht. »Er ja, sie noch nicht. Inga wird Augen machen, wenn ich morgen nach der Trauung die Tickets zücke.«

Ich überlege. Wenn die Reise noch streng geheim ist, kann Valentine bislang nichts davon wissen. Auch ich werde vorerst nichts verraten und wie geplant mit ihr an die Ostsee fahren. Den Champagner und die Delikatessen, die ich ursprünglich für das Brautpaar besorgt habe, werden meine Süße und ich uns gönnen, nachdem wir uns bis zur Besinnungslosigkeit geliebt haben.

Ich weihe Claudius in meinen Plan ein und bitte ihn, mir ganz fest die Daumen zu drücken. »Sollte uns heute wieder jemand die Tour vermasseln, werde ich zum Tier.«

Frisch geduscht und glattrasiert mache ich mich wenig später auf den Weg, um Valentine abzuholen.

RETTUNGSSCHWIMMER

VALENTINE

Per Morning Express habe ich rote Rosenblätter aus Stoff bestellt. Das Risiko, dass natürliche Blüten binnen eines Tages verwelken, wollte ich nicht eingehen. Die Sendung wird gerade angeliefert, als Moritz vorfährt.

Nach einer leidenschaftlichen Begrüßung bitte ich ihn, die beiden Kisten, die im Flur stehen, in seinem Kofferraum zu verstauen. Seinen ungläubigen Blick beantworte ich sofort. »Das sind Kerzen, Satinlaken, personalisierte Herzballons, einige Dosen Heliumspray und andere Sachen, die ich für die Deko brauche.«

Moritz staunt. »Wow, du hast ja wirklich an alles gedacht. Du solltest dich als Hochzeitsplanerin selbstständig machen.«

Ich stoße bitter auf. »Selbstständig? Ich? Ganz sicher nicht. Ich brauche ein festes Einkommen, denn auf Arne kann ich nicht mehr zählen.«

Moritz streicht mit dem Finger über meine Stirn. »Dieses Gesicht ist viel zu schön für Sorgenfalten.«

»Falten sind gerade mein geringstes Problem«, erwidere ich. »Ich brauche dringend einen Job.«

Moritz macht mir Mut. »Der wird sich ergeben. Du bist nämlich ein Multitalent. Für jemanden mit deinen Fähigkeiten wird es ein Leichtes sein, eine Anstellung zu finden.«

Nach Jahren, in denen mein Mann mir attestiert hat, strohdumm zu sein, kann ich kaum glauben, dass Moritz mir das zutraut.

Bevor ich mich in seinen Wagen setze, rufe ich bei Irene an. »Wir fahren jetzt los«, informiere ich sie.

»Okay. Ich kümmere mich derweil um den Junggesellinnenabschied. Wir Mädels werden heute Abend Spaß haben. Das garantiere ich dir.«

Spaß klingt nach all den schlechten Nachrichten richtig gut.

Während der Fahrt erfahre ich, dass es in Moritz' Penthouse heute Abend ebenfalls eine Abschiedsfeier geben wird. Claudius und sein Geschäftsführer Steve haben die Planung übernommen.

»Getreu dem alten Brauch, dass die Brautleute die Nacht vor der Hochzeit getrennt verbringen sollen, wird Marek bei mir schlafen«, erklärt Moritz.

»Übertreibt es nicht! Nicht, dass er morgen völlig verkatert ist.«

Moritz ist sich absolut sicher, dass das nicht passieren wird. »Marek doch nicht!«

Ich wundere mich, dass Moritz den Weg kennt, ohne das Navi zu bemühen.

»Ich war schon einmal hier, als Marek seinen Sohn abgeholt hat. Erinnerst du dich?«

Natürlich erinnere ich mich. An dem Tag hatte ich beschlossen, mich endgültig von Arne zu trennen.

Langsam fährt Moritz den holprigen Weg zum Bootshaus. Ich bete unterdessen, dass Friedrich nicht mehr da ist.

Erleichtert stelle ich fest, dass sein Pick-up nicht auf dem Grundstück steht. Ich steige aus, nehme den Korb vom Rücksitz, den Moritz mit vielen Leckereien bestückt hat, und inspiziere den Inhalt.

»Wo sind denn die Gläser?«, frage ich vorwurfsvoll. »Sollen die beiden den Schampus etwa aus der Flasche trinken?« Verärgert hebe ich die Brauen.

»Mist! Die habe ich vergessen«, gibt er reumütig zu. »Hat Friedrich denn keine Gläser?«

Ich schüttle den Kopf, denn ich weiß, dass wir in der Vergangenheit stets aus Pappbechern getrunken haben, wenn wir auf dem Steg hockten und eine Flasche köpften.

»Dann komm!«, fordere ich ihn auf. »Lass uns zum Ferienhaus fahren. Obwohl mir das Haus nicht mehr gehört, habe ich noch einen Schlüssel. Die Gläubiger werden mir wohl nicht den Kopf abreißen, wenn ich zwei Gläser aus der Konkursmasse mopse.«

Nur zögerlich kommt er meiner Bitte nach.

Als wir kurz darauf das Anwesen erreichen, falle ich fast vom Glauben ab. Arnes Limousine parkt mit laufendem Motor vor dem Haus.

Mich beschleicht ein mulmiges Gefühl. Moritz' ungläubiger Blick bestärkt mich in meiner Vermutung, dass hier etwas nicht stimmt.

Ich bitte ihn, mit mir zu kommen. Zusammen betreten wir das Haus durch die offene Tür.

»Riechst du das auch?« Moritz schnuppert demonstrativ in die Luft, während ich Arne rufe. »Hier stinkt es nach Benzin!«

Wie recht Moritz mit seiner Annahme hat, bestätigt sich im Wohnzimmer, wo ich über einen Kanister stolpere. »Der hat doch wohl nicht vor, die Hütte anzustecken?«, entfährt es mir.

Wir suchen alle Zimmer ab, doch Arne ist nicht aufzufinden. Panisch gehe ich von Moritz gefolgt in den Garten.

»Sei mal still«, bittet er mich und stellt die Lauscher auf. Nun höre auch ich Motorengeräusche, die vom Strand zu uns rüberschallen. Wir laufen zum Ende des Grundstücks. Ich erschrecke fast zu Tode, als ich Friedrich in seinem Schlauchboot erkenne. Er betätigt den Außenbordmotor und fährt mit meinem offensichtlich besinnungslosen und blutüberströmten Noch-Ehemann auf die offene See hinaus.

Mit weit aufgerissenen Augen starre ich Moritz an. Anders als ich ist er nicht in einer Schockstarre gefangen, denn er klettert sofort den Abhang hinunter.

Ich bin nicht fähig, mich zu bewegen, und sehe hilflos dabei zu, wie Friedrich Arne in Höhe der zweiten Sandbank über Bord wirft. Kurz darauf verschwindet Friedrich mit dem Boot außer Sichtweite.

Mit zittrigen Händen ziehe ich mein Handy aus der Hosentasche und wähle den Notruf. Während ich verständnislose Hilferufe absende, stürzt Moritz sich in die Fluten.

Mit kräftigen Kraulbewegungen nähert er sich dem Ertrinkenden. Erst jetzt finde ich die Kraft, mich zu bewegen.

Als ich den Strand erreiche, zieht Moritz Arne gerade ans Ufer. Ich beuge mich über ihn und betrachte sein geschundenes Gesicht.

Als er sich aufbäumt und eine Ladung Wasser ausspuckt, lasse ich mich kraftlos in den Sand fallen. Mein Herz rast so schnell, dass ich befürchte, gleich ohnmächtig zu werden.

»Dieses Schwein«, krächzt Arne. »Der wollte mich killen!«

»Und was hattest du vor?«, schreie ich ihn an. »Du wolltest das Haus in Brand setzen!«

»Aber doch nur für dich und die Kinder. Von der Versicherungssumme wäre nach Abzug der Verbindlichkeiten genug für euch übrig geblieben.«

Arne reicht Moritz die Hand. Ich gehe davon aus, dass er sich bei ihm für den mutigen Rettungseinsatz bedanken will.

Doch ich täusche mich. »Helfen Sie mir auf und dann bringen Sie mich ins Haus. Dort gebe ich Ihnen trockene Sachen.«

Moritz lehnt sein Angebot empört ab. »Ihre Klamotten? Besten Dank, da riskiere ich lieber eine Lungenentzündung.« Er wendet sich mir zu. »Kommst du, Valentine? Ich denke, wir sind hier fertig.«

Ich schüttle entschieden den Kopf. »Wir können ihn doch in diesem Zustand nicht alleine lassen.«

Arne rappelt sich aus eigener Kraft auf. Sobald er auf beiden Füßen steht, legt er den Arm um mich. »Ich habe gewusst, dass ich dir nicht gleichgültig bin. Dein ängstlicher Blick hat es mir verraten. Du liebst mich noch. Es ist nicht vorbei mit uns. Alles wird gut. Ich verspreche es dir. Vergib mir, Valentine! Wir gehören doch zusammen.«

Mein Blick schweift zur Seite. Ich suche Moritz, doch er hat mir bereits den Rücken zugekehrt. Sprachlos beobachte ich, wie sich der Mann meines Herzens Meter für Meter von uns entfernt.

MEN ONLY

MORITZ

Meine Klamotten sind noch immer patschnass und kleben wie Tapetenkleister an mir, als ich zwei Stunden später bei mir zu Hause aufschlage.

Claudius hat mich bereits durchs Schaufenster erspäht. Zusammen mit Steve räumt er die Ware, die heute Morgen geliefert wurde, in die Regale ein. Er lässt sofort alles stehen und tritt zu mir auf den Bürgersteig.

»Hast du ein Schweißproblem?«, grölt er und deutet auf mein Hemd.

Ich streife meinen linken Schuh ab, aus dem ein Viertelliter Ostseewasser läuft und kicke ihm den Slipper vor die Füße.

»Sehr witzig!«, grummle ich und grüße Steve per Handzeichen.

»Deinem Gesichtsausdruck nach zu urteilen, ist dein Schäferstündchen wohl ins Wasser gefallen«, amüsiert er sich, um sich gleich darauf zu entschuldigen. »Tut mir leid. Schadenfreude ist nun mal die beste Freude.«

»Schön, dass du deinen Spaß hast!«

»Deine Laune wird sich bessern, sobald du einen Blick in die Küche geworfen hast. Ich habe mich nämlich nicht lumpen lassen und ein fettes Menü für uns bestellt.«

Ich nicke stumm und schließe die Haustür auf.

Als ich kurz darauf das Essen in Augenschein nehme, wundere ich mich. Die *fett* angekündigten Gerichte sind kleine Portionen und nicht von großer Auswahl. Egal. Ich habe ohnehin keinen Appetit mehr. Den haben Arne Baumgarten und seine Gattin mir mit ihrer wiederentdeckten Zuneigung bereits gründlich verdorben.

Ich schlurfe ins Badezimmer und entledige mich meiner klammen Klamotten. Statt zu duschen, betätige ich den Hahn über der Wanne. Ein heißes Bad wird mir guttun.

Gerade tauche ich ins warme Wasser, als die Tür klappt. Ich höre Claudius, der erneut sein fettes Büfett anpreist.

»Ich hätte besser vorher was essen sollen«, erklingt Mareks Stimme. Der Bräutigam ist also auch schon da.

»Das sind doch bloß die Vorspeisen. Das Hauptgericht wird von einem Koch frisch zubereitet, der später hier aufschlagen wird.«

»Und wann kommen die Mädels?«, tönt Steve. »Ohne einen Striptease ist es doch kein richtiger Junggesellenabschied.«

Claudius kichert. »Du willst nackte Haut sehen? Dann schenk mir einen doppelten Whisky ein. Sobald ich meine Betriebstemperatur erreicht habe, ziehe ich mich für euch aus.«

»Untersteh dich!«, schreie ich aus dem Bad.

Gleich darauf öffnet sich die Tür und die drei treten ein. Marek stellt ein Glas auf den Wannenrand und prostet mir zu. »Auf meinen letzten Abend in Freiheit.«

Ich stürze den Scotch in einem Zug hinunter. »Aber jetzt verzieht euch! Ich komme ins Wohnzimmer, sobald ich fertig bin.«

»Fertig womit?«, hakt Steve nach und grinst frech.

»Mit baden!«, gifte ich und tauche unter.

Obwohl sich meine Ohren unterhalb der Wasseroberfläche befinden, kann ich Marek verstehen. »Na, Moritz ist ja in toller Feierlaune.«

»Sein Versuch, Valentine heute flachzulegen, ist mal wieder gescheitert«, erklärt Claudius. »Dabei ist er für sein Vorhaben extra mit ihr an die Ostsee gefahren. Aber die salzige Seeluft scheint ihnen nicht bekommen zu sein.«

Jetzt reicht es mir und ich tauche wieder auf. Ich bespritze Brummer mit Wasser und drohe ihm, ihn in die Wanne zu ziehen, sollte er nicht sofort die Klappe halten.

Die drei lassen mich allein und ich beende mein Entspannungsbad, das mich nicht die Spur entspannt hat. In ein Handtuch gehüllt, flitze ich ins Schlafzimmer und ziehe mich an.

Als ich mich wenig später in die Küche begebe, um doch einen Happen zu essen, liegt nur noch ein einsamer Champignon auf dem Silberteller. »Wie nett, dass ihr mir einen einzigen Pilz übrig gelassen habt«, beschwere ich mich und stecke ihn mir in den Mund.

»Nicht!«, ruft Marek und fuchtelt wild mit den Armen. »Den hat Claudius gerade ausgespuckt.«

»Woher sollte ich denn wissen, dass die Füllung mit Koriander gewürzt wurde. Ich hasse Koriander«, rechtfertigt Claudius sich, während ich mit aller Macht gegen meinen Würgereiz ankämpfe.

»Bah! Du bist so ekelig«, schimpfe ich und schenke mir einen Whisky ein, um meine Abscheu hinunterzuspülen. Mit meinem Glas setze ich mich zu Marek aufs Sofa.

»Was ist denn an der Ostsee passiert?«, will er von mir wissen.

»Dein baldiger Ex-Schwager war dabei, sein Ferienhaus anzuzünden, als Friedrich gekommen ist und ihn mit körperlicher Gewalt davon abgehalten hat. Er hat Arne windelweich geprügelt und ihn anschließend mit seinem Boot abtransportiert und in die kalte See geworfen.«

»Arne ist Nichtschwimmer. Sag mir nicht, dass er ertrunken ist.«

»Das wäre er bestimmt, wenn ich ihn nicht gerettet hätte«, antworte ich in die Runde.

Drei Augenpaare glotzen mich fassungslos an. Steve fragt, wie die Geschichte weitergegangen ist.

»Statt sich bei mir zu bedanken, hat er Valentine seine Liebe gestanden und sie um Verzeihung gebeten.«

»Und wie hat sie reagiert?«, hakt Marek nach.

»Sie wollte nicht mit mir kommen, sondern bei ihm bleiben. Das sagt doch wohl alles!«

»Quatsch!«, widerspricht er und greift nach seinem Handy. Er ruft bei Inga an und berichtet, was an der Ostsee geschehen ist. Dass sie noch völlig ahnungslos ist, kann nur eins bedeuten. Valentine ist nicht bei ihr. Wo sie steckt, kann ich mir bildhaft vorstellen. Aber ich will diese Bilder nicht vor meinem inneren Auge sehen. Ein weiterer Whisky soll mir helfen, den Film zu stoppen.

ARME WURST

VALENTINE

Mit letzter Kraft gelingt es mir, Arne den Hang hinaufzuschleppen. Wir schaffen es bis zum Rasen, dann geht mir die Puste aus. »Setz dich. Wir warten hier auf den Rettungswagen.«

»Ich brauche keinen Arzt«, jammert er und lässt sich ins Gras fallen. Ihn weinend und völlig verzweifelt zu sehen, löst nur ein Gefühl in mir aus – und das ist Mitleid.

»Bestell den Krankenwagen ab und ruf lieber die Polizei an, denn ich werde diesen Irren anzeigen. Wie ein Wahnsinniger hat er auf mich eingeprügelt.«

»Woher wusste er, dass du hier bist?«

Arne verzieht schmerzverzerrt das Gesicht. »Ich nehme an, dass er mich an der Tankstelle beobachtet hat, als ich die Kanister gefüllt habe, und mir gefolgt ist. Ich war noch keine Minute im Haus, als er mich rücklings attackiert hat. Mit gezielten Faustschlägen hat er mich außer Gefecht gesetzt. Das Nächste, an das ich mich erinnern kann, ist der Moment, als ich im Boot wieder zur Besinnung gekommen bin. Ich habe ihn angefleht, mich wieder an Land zu bringen, doch er hat mich nur höhnisch ausgelacht.« Mit zusammengekniffenen Augen stiert er mich an. »Woher wusste er, dass ich nicht schwimmen kann?«

Ich stöhne laut auf. »Kann sein, dass ich das mal erwähnt habe.«

Weil Arne wie Espenlaub zittert, laufe ich ins Haus und hole eine Decke.

Ich ziehe das dicke Stoffplaid vom Sofa und nehme auch ein Kissen mit, das ich ihm in den Rücken lege. »Du musst dringend aus den nassen Klamotten raus«, bestimme ich und helfe ihm dabei, das Hemd auszuziehen. Sein Oberkörper ist ein Bild des Grauens. Von der Schulter bis zu den Rippen ist er mit blauen Flecken übersät, die auf brutale Fußtritte schließen lassen.

»Ja, sieh dir an, was dein Friedrich mir angetan hat.«

»Er ist nicht mein Friedrich. Das war er nie!«, antworte ich forsch.

»Aber ihm haben wir das ganze Desaster zu verdanken.«

Ich schüttle den Kopf. »Für das Desaster bist du ganz allein verantwortlich. Steh doch endlich dazu und hör auf, anderen die Schuld an deinem Scheitern zu geben.«

Der alte Arne ist zurück. »Hättest du die Papiere unterschrieben, wie ich es dir gesagt habe, dann würde uns das Haus noch gehören«, poltert er.

»Was hätte das geändert? Auch dann wäre es futsch. Denn ich hatte die feste Absicht, das Haus sofort zu verkaufen und vom Erlös alle Gläubiger zu befriedigen, deren Existenz du ruiniert hast.«

»Du bist einmalig blöd! So viel Dummheit geht doch auf keine Kuhhaut«, brüllt er mich an und zeigt mal wieder sein wahres Gesicht.

Doch heute prallt seine Beleidigung an mir ab. »Ja, das bin ich wirklich«, gebe ich zu. »Andernfalls hätte ich dich einfach am Strand liegen lassen und wäre mit Moritz fortgegangen.«

»Was hast du mit Moritz Steiner zu tun? Läuft da was zwischen dir und dem Architekten?«

»Spar dir deinen Verhörton. Was ich mache, geht dich nichts mehr an.«

»Aber du bist bei mir geblieben. Das bedeutet, dass du uns noch eine Chance gibst.«

»Du irrst dich gewaltig, Arne. Ich warte lediglich so lange, bis der Krankenwagen eintrifft. Sobald ich sicher sein kann, dass du ärztlich versorgt wirst, fahre ich mit deiner Limousine zurück.«

Sein Blick spricht Bände.

»Keine Sorge. Ich leihe sie nur aus, um nach Hause zu kommen. Gleich nach der Hochzeit bekommst du deinen protzigen Schlitten zurück.«

Endlich hat das Warten ein Ende. Der Rettungswagen fährt aufs Grundstück. Ich winke den Sanitätern zu.

Ohne lange Diskussionen schaffen sie Arne auf eine Trage und erklären ihm, dass sie ihn in die Klinik bringen. Kurz bevor sie mit ihm abfahren, ruft er nach mir.

»Richte Inga und Marek meine Glückwünsche aus.«

Ganz sicher nicht, denke ich und bekomme schon wieder eine Stinkwut auf den Vater meiner Kinder, denn für sie hat er keinen Gruß übrig. Was für eine arme Wurst er doch ist.

Während der zweistündigen Heimfahrt bin ich drauf und dran, bei Inga anzurufen. Doch im letzten Moment überlege ich es mir anders und lasse es sein. Es reicht völlig aus, wenn ich ihr später alles persönlich berichte, sobald die Kinder schlafen.

Mein Plan scheitert auf ganzer Linie. Meine Schwester sieht mich vorfahren und stürmt mit den Kindern auf die Einfahrt.

Muriel klopft völlig aufgebracht ans Fenster. »Ist Papa schwer verletzt?«

Ich steige aus und beruhige sie. »Er hat nur ein paar kleine Kratzer abbekommen. Macht euch keine Sorgen.«

»Wie konnte Friedrich das nur tun? Und was wolltest du überhaupt an der Ostsee?«, erkundigt sich Inga. Dafür, dass sie ihre Fragen vor den Kindern stellt, könnte ich ihr den Hals umdrehen.

»Später«, zische ich, nehme Joshi an die Hand und stiefle ins Haus.

Schon im Flur rümpfe ich die Nase. »Was muffelt hier so?«

»Das ist Irenes Käseigel«, flüstert mein Sohn. »Aber probier den bloß nicht. Der schmeckt ganz furchtbar.«

Ich werfe einen Blick ins Wohnzimmer und bekomme sofort einen Augenkrampf. Irene hat den Raum mit bunten Papierschlangen geschmückt und kiloweise Konfetti auf dem Boden verteilt.

»Hier sieht es ja aus wie bei Oma und Opa zu Silvester«, mokiere ich mich. Sofort muss ich an die stilvolle Deko denken, die ich für das Bootshaus besorgt habe und die vermutlich noch immer bei Moritz im Kofferraum liegt. Da liegt sie gut, ärgere ich mich. Die ganze Anschaffung war für die Katz.

Inga trommelt die Kinder zusammen. »So, jetzt geht es ab ins Bett. Morgen ist ein wichtiger Tag und ihr wollt doch ausgeschlafen sein.«

»Aber wir wollen heute schon mitfeiern«, quengelt mein Neffe.

»Wir feiern nicht. Irene hat Filme besorgt, die wir uns gemütlich ansehen«, berichtigt Inga ihren Sohn.

Welche Filme? Ich werfe einen Blick auf die DVDs und muss sofort lachen. »*Vier Hochzeiten und ein Todesfall? Die Braut, die sich nicht traut? Das Schwiegermonster?* Na, das wird ja ein Spaß! Warum habe ich Irene nur die Planung überlassen?«

Ich drehe mich um und erschrecke. Sie steht direkt vor mir und straft mich mit bösen Blicken. »Immerhin habe ich meine

Aufgaben erledigt, während du unverrichteter Dinge wiederge-kommen bist.«

Ich zeige ihr einen Vogel. »Du glaubst doch wohl nicht, dass ich Inga und Marek nach den heutigen Vorkommnissen noch das Bootshaus hergerichtet hätte?«

Beleidigt setzt Irene sich in den Sessel. »Dann fällt der kurze Honeymoon wohl aus.«

In der Küche knallt ein Sektkorken. Gleich darauf bringt Inga die Flasche und drei Gläser an den Tisch.

»Kurz? Also ich finde eine Woche perfekt«, kichert sie. »Marek hat mir verraten, dass wir morgen Abend ins Paradies fliegen. Ich habe schon gepackt. Claudius schenkt uns die Hochzeitsreise. Aber bitte verratet ihm nicht, dass ich es schon weiß, und spielt die Überraschten.«

»Moment mal!«, platzt es aus mir heraus. »Seit wann weißt du davon?«

»Marek hat es mir am Dienstag gesteckt. – Nun schau mich doch nicht so an. Er musste es mir sagen. Schließlich habe ich extra Urlaub beantragen müssen.«

Nicht die Tatsache, dass Marek gepetzt hat, macht mir zu schaffen. Es ist vielmehr die Frage, ob Moritz nicht auch schon im Bilde war. Schließlich hat Claudius mir bereits vor seinem Abflug mitgeteilt, dass er das perfekte Geschenk besorgt hat. Aber wenn Moritz von der Reise gewusst hätte, warum sollte er dann noch mit mir an die Ostsee fahren? Nein, das ergibt keinen Sinn.

Inga hat sich für die englische Komödie entschieden. Sie steht auf Hugh Grant. Aber nur auf den jungen. In *Vier Hochzeiten und ein Todesfall* ist er noch knackig.

Unsere Nachbarin nickt schon nach einer halben Stunde ein. Ich nutze die Chance und entsorge den Stinkeigel.

Gähnend folgt Inga mir in die Küche. »Ich würde mich auch am liebsten aufs Ohr legen.«

»Dann geh ins Bett. Ich räume noch auf und bringe Irene später rüber.«

Ich mag keinen Sekt trinken und koche mir einen Tee. Während er zieht, greife ich nach meinem Handy und schicke Moritz eine SMS.

Bitte bring morgen die Rosenblüten und die Luftballons mit. Treffen um neun Uhr vor dem Hexenhaus? Lieben Gruß, Valentine

Den Abschiedsgruß lösche ich und schreibe stattdessen: *Tausend Küsse, Valentine.*

Keine fünf Minuten später klingelt mein Telefon. Ich kann es kaum erwarten, seine Stimme zu hören.

»Feiert ihr schön?«, frage ich und lehne mich an die Wand.

»Wo bist du?«

»Zu Hause bei Inga. Wo sonst?«

»So? Ich dachte, du würdest noch immer bei Arne Händchen halten und seine Wunden lecken.«

Wieso klingt er so merkwürdig? »Na, bei euch scheint es ja sehr feuchtfröhlich zuzugehen. Du lallst ja schon und es ist gerade mal zehn Uhr!«

»Ja, ich habe Kummer-Whisky getrunken. Aber nach deiner Nachricht bin ich wieder völlig klar. Du hast mir per SMS Küsse geschickt.«

»Wie sollte ich dich sonst küssen?«

Ich höre ihn seufzen. »Ach, Valentine. Den heutigen Tag habe ich mir ganz anders vorgestellt.«

»Dito, aber …«

Er fällt mir sofort ins Wort. »Sag nicht wieder, es sollte nicht sein.«

»Das wollte ich gar nicht sagen, sondern: Wir holen das ganz schnell nach.«

»Wie schnell?«

»Um neun Uhr in Wesel?«

»Besser um acht. Ich hole dich ab.«

»Dann musst du aber aufhören, Schnaps zu picheln. Ich erwarte dich nämlich in Bestform.«

Er knurrt. Das Geräusch geht mir durch Mark und Bein. »Worauf du dich verlassen kannst.«

SEITE 5

MORITZ

Bis vier Uhr morgens haben die drei Jungs gebechert und gelacht, während ich mich an Wasser gehalten und an meine Süße gedacht habe. Nach knapp zwei Stunden Schlaf stehe ich auf und schlurfe ins Bad. Wie ich sehen kann, haben es Marek und Claudius nicht mehr ins Bett geschafft. Sie liegen schnarchend auf dem Ecksofa.

»Heute wird geheiratet. Also wacht auf, ihr Schlafmützen!«, rufe ich ihnen zu. Marek zieht sich die Wolldecke über den Kopf. Claudius grummelt, dass er erst aufstehen wird, wenn es einen starken Kaffee gibt. Er wirft sich auf die Seite und riskiert einen kurzen Blick auf seine Armbanduhr.

»Bist du noch ganz dicht? Es ist gerade kurz nach sechs. Die Trauung ist doch erst um zwölf.«

Ich sehe es ein. Von Brummer nach einer durchzechten Nacht und auf nüchternen Magen eine gescheite Reaktion zu erwarten, ist mehr als naiv.

»Also gut. Ich fahre zum Bäcker und besorge euch Frühstück. Aber spätestens um zehn Uhr müsst ihr euch auf den Weg machen.«

»Halt endlich die Klappe, Moritz«, fährt Claudius mich an. »Wir haben doch gestern alles haarklein besprochen. Um zehn kommt das Großraumtaxi und fährt uns in das Kaff. Wie heißt das noch?«

»Der Ort heißt Wesel. Das Hexenhaus liegt direkt an der Hauptstraße. Ihr könnt es nicht verfehlen. Aber vergesst nicht, vorher die Braut und die Kinder abzuholen.«

Marek lüftet seine Decke und hebt den Kopf. »Meine Güte, du nervst! Fahr zum Bäcker und lass uns weiterschlafen!«

»Du heiratest heute!«, gebe ich zu bedenken.

»Richtig. *Ich* heirate! Für deine Hyperaktivität besteht kein Anlass!«

Bitte, ich dränge mich nicht auf.

Kurz vor sieben bin ich einer der ersten Kunden, die ofenwarme Brötchen kaufen. Ich lasse mir zwei Tüten geben. Zehn Semmeln für die Jungs und zwei Croissants für Valentine und mich.

»Haben Sie schon das Wochenblatt gelesen?«, erkundigt sich die Verkäuferin und legt mir die druckfrische Ausgabe auf den Tresen. »Das ist doch bei Lore im Haus, oder?«

Ich habe keine Ahnung, wovon sie spricht.

»Ich rede von dem neuen Herrenfrisör, der im Erdgeschoss eröffnet. Lesen Sie mal auf Seite fünf.«

Sie blättert aufgeregt durch die Zeitung, während ich erwarte, dass sie mir nur eine Anzeige präsentieren will, die Claudius aufgegeben hat. Doch als ich erkenne, dass es sich nicht um bezahlte Werbung, sondern um einen redaktionellen Artikel handelt, schlage ich mir entsetzt die Hand vor den Mund.

Hier sind Frauen unerwünscht, lautet die Überschrift. Mir ist sofort klar, wer für diesen Beitrag verantwortlich ist. Und richtig. Dort steht der Name der Bewerberin, der Claudius sofort die Tür gewiesen hat, ohne zuvor einen Blick in ihre Zeugnisse zu werfen. Andrea Manzini hat den Mund nicht zu voll genommen, als sie ihm gedroht hat.

Ich überfliege den Text und zucke zusammen, als ich die Worte *frauenfeindlich*, *illegal*, *unzulässig* und *widerrechtlich* lese.

Wenn schon das Käseblatt über den Barber Shop negativ berichtet, möchte ich nicht wissen, was im Netz los ist. Auf keinen Fall darf Brummer heute davon erfahren, denn das wäre das Ende der Veranstaltung.

Ich zahle meinen Einkauf und versichere der Bäckerin, dass es sich gewiss nur um einen Irrtum handelt.

»Das ist zu hoffen! Wo sind wir denn hier, dass das Gleichstellungsgesetz mit Füßen getreten wird? Also, mein Mann wird keinen Fuß in diesen chauvinistischen Laden setzen«, ruft sie mir aufgebracht hinterher.

Ich werfe die Brötchentüten auf die Rückbank und will gerade abfahren, als eine Fahrradfahrerin meinen Weg kreuzt. Erst, als sie mir freundlich zuwinkt, erkenne ich Dana.

»Wir sehen uns später«, ruft sie mir zu. »Frank fährt mich und hilft mir beim Aufbau.«

Ich habe gewusst, dass ich mich auf die beiden verlassen kann. Ach, ich liebe diesen kleinen Ort, in dem man sich kennt und stets fest zusammenhält. Ich könnte nie in der Großstadt leben.

Zwölf Uhr mittags

Valentine

Punkt acht klingelt es an der Tür. Während Inga die Ruhe selbst ist und in der Küche völlig entspannt den wohl letzten Kaffee aus ihrer alten Maschine trinkt, bin ich das reinste Nervenbündel.

»Lass Moritz nicht warten und hau schon ab. Ich hab alles im Griff«, rät mir die Braut mit einem frechen Grinsen. Wie meine Schwester es schaffen will, binnen drei Stunden zum Friseur zu gehen, den Brautstrauß vom Floristen abzuholen und drei Kinder landfein zu machen, ist mir ein Rätsel. Auch wenn Irene ihr zur Hand gehen wird, bekomme ich ein schlechtes Gewissen, sie in der heißen Phase allein zu lassen.

»Und ihr kommt wirklich ohne mich zurecht?«, vergewissere ich mich, als Muriel die Haustür öffnet.

Unvermittelt umklammert sie Moritz' Arm. »Danke, dass du meinen Vater gerettet hast.«

Bevor Moritz was Falsches antwortet, mische ich mich ein. »Ja, das war wirklich sehr mutig von ihm.« Ich bücke mich und bitte sie um einen Abschiedskuss. »Hilf deinem Bruder bitte beim Anziehen und achte darauf, dass er sich gründlich die Zähne putzt.«

»Ja, Mama«, erwidert sie genervt und löst sich von Moritz.

»Startklar?«, fragt er mich, während er Mika und meinem Sohn zuwinkt.

»Jepp, wir können los.«

Ich steige in seinen Audi und schnalle mich an.

Wir sind noch keine zwanzig Meter gefahren, als er rechts ranfährt. »Was war denn das für eine lausige Begrüßung? Muriel hat sich mehr gefreut, mich zu sehen, als du.«

»Du bist ja auch nach der gestrigen Aktion ihr absoluter Superheld.«

»Dann weiß sie Bescheid?«

Ich schüttle den Kopf. »Natürlich nicht. Die Kinder gehen davon aus, dass Arne im flachen Wasser baden war und von der Strömung abgetrieben wurde. Mehr müssen sie nicht wissen.«

Moritz stimmt mir zu. Er meint, er selbst könne noch nicht begreifen, was gestern passiert ist. Wie sollten es meine Kinder verstehen?

»Bekomme ich jetzt endlich einen Kuss oder schickst du mir wieder nur eine SMS?«

Ich fische mein Telefon aus der Handtasche und halte es in die Luft. »Was ist dir denn lieber?«

»Du bist gemein, Valentine. Wieso lässt du mich so lange zappeln?«

Ich streiche zärtlich mit den Fingerspitzen über seine Wangen. »Du siehst verdammt müde aus. War wohl eine kurze Nacht?« Ohne seine Antwort abzuwarten, drücke ich meine Lippen auf seinen Mund.

»Mehr«, fordert er und ist erst bereit weiterzufahren, wenn ich ihn noch einmal küsse.

Auf der Autobahn kommen wir zügig voran. Auf der Landstraße sieht es jedoch anders aus. Nach jeder Kurve treffen wir auf Rennradfahrer, die in Gruppen die Fahrbahn versperren.

Es ist schon kurz vor zehn, als wir endlich das Hexenhaus erreichen.

»Hast du den Schlüssel?«, erkundige ich mich, doch Moritz macht dicke Backen.

»Ich? Den hattest du doch eingesteckt.«

Ich bin mir hundertprozentig sicher, dass er abgeschlossen hat. Folglich kann ich den Schlüssel gar nicht eingesteckt haben.

Nach einer Schrecksekunde stellt sich heraus, dass Moritz mich bloß hochgenommen hat. Nach meiner Warnung, diese Späße zu unterlassen, tragen wir die beiden Kisten hinein.

Sogleich sperrt er hinter uns ab. »An welche Art von Spaß hast du denn gedacht?«, raunt er und kommt langsam auf mich zu.

Ich grinse ihn an. »Vergiss es! Erst die Arbeit, dann das Vergnügen.« Ich drücke ihm die Luftballons und die Heliumdosen in Hand. »Darum kannst du dich kümmern.«

In der Zeit, die ich brauche, um die Rosenblätter zu verteilen, ist der erste Ballon schon fertig. Statt ihn ordnungsgemäß zu schließen, atmet er das Gas tief ein.

Mit hoher Mickymausstimme ruft er meinen Namen. »Valentine, ich hab dich zum Fressen gern.«

Ich bekomme auf der Stelle einen Lachanfall. »Du bist ein Kindskopf«, necke ich ihn. »Hör mit dem Blödsinn auf. Du bist ja total verrückt.«

»Verrückt nach dir«, quiekt er und greift nach meinem Arm. Doch ich bin schneller und weiche einen Schritt zurück.

»Besser du rufst Marek an und informierst ihn über die Verkehrslage. Wenn die Männer erst um zehn Uhr losfahren, könnte es knapp werden.«

»Mehr Zeit für uns«, erwidert er, und seine Stimme klingt fast wieder normal.

Zufrieden schreite ich das Trauzimmer ab, streiche die eine und andere Husse glatt und stelle die Kerzen gerade. »Das haben wir super hinbekommen, oder?«

»Und ob. Weißt du auch, warum?«

Ich schüttle ahnungslos den Kopf.

»Weil wir beide ein unschlagbares Paar abgeben. Wir passen einfach perfekt zusammen. Das habe ich schon gewusst, als ich dich das erste Mal getroffen habe.«

Ich erinnere mich an den Song, den er sich von Julio gewünscht hat, und bekomme beim Gedanken daran weiche Knie. Ich nehme meinen ganzen Mut zusammen und lasse Moritz an meinen Gedanken teilhaben. »Es wäre einfach zu schön, wenn es mit uns klappen würde. Ich mag dich nämlich sehr.«

»Wie sehr?«

Ich trete den Beweis an und küsse ihn so innig, dass wir beide sofort unter Strom stehen. Ich öffne seinen Hosenknopf, ohne den Blick von ihm abzuwenden.

»Bist du dir sicher?«, vergewissert er sich.

»Ganz sicher. Aber bitte nicht wieder hier auf dem Trautisch. Lass uns nach nebenan gehen.«

Ich muss nicht gehen, sondern werde in den Raum getragen, in dem wir später essen und trinken werden, sollte uns das Wetter einen Strich durch die Rechnung machen.

»Entspann dich, mein Liebling«, haucht er mir ins Ohr und drückt mich mit ganzer Kraft an die Wand.

Ich vergehe vor Lust und habe Mühe, mich zu beherrschen. Dieses Mal bin ich es, die seinen Körper erkundet, bis er vor Entzücken laut aufstöhnt.

Das, was ich mit Moritz erlebe, ist kein liebloser Quickie, wie ich es bisher von Arne gewohnt war. Das mit uns ist pure Leidenschaft.

Überglücklich liege ich in seinen Armen, als ich plötzlich Irenes eindringliche Stimme höre. »Hier muss es sein. Das ist doch Moritz' Wagen, oder Muriel?«

Wie von der Tarantel gestochen, springe ich auf. »Was wollen die denn schon hier?«

Genau wie beim letzten Mal stellt Moritz sich dieser peinlichen Situation, denn ich bin dazu nicht in der Lage. Hastig hebe ich meine Sachen vom Boden auf, schnappe meine Handtasche und flüchte in die Damentoilette.

Es donnert an die Tür. »Mama! Wieso macht ihr nicht auf?«

Erste Stressflecken bilden sich auf meiner Stirn, während ich hektisch in meine Unterwäsche schlüpfe.

»Moment, Schatz! Ich telefoniere gerade. Gleich komme ich.«

Eine Minute später betrete ich mit geröteten Wangen, aber souverän und ohne mir etwas anmerken zu lassen, das Trauzimmer. Ich lege demonstrativ mein Handy auf den ersten Stuhl in der Reihe und erkläre, dass der Anruf sehr wichtig war. »Das Essen wird pünktlich geliefert«, erkläre ich Moritz mit einem Augenzwinkern.

Ich werfe einen Blick nach draußen. »Wo sind die anderen?«

»Die kommen mit dem Taxi. Für uns war in dem Siebensitzer kein Platz mehr, deshalb bin ich bei Irene mitgefahren«, berichtet meine Tochter. Gleich darauf will sie von mir wissen, ob wir Reis mitgebracht haben.

»Etwas viel Besseres. Ich habe Konfetti-Kanonen besorgt. Wenn du willst, darfst du sie später verteilen.«

Muriel ist glücklich. Endlich hat sie Gelegenheit, an einer richtigen Hochzeit teilzunehmen.

Im Minutentakt fahren Autos vor. Dana und Frank sind mit einem Transporter gekommen und bauen den Tresen auf. Gleich nach ihnen trudeln Julio und seine Freundin ein. Kurz vor zwölf nehme ich das Essen und die Hochzeitstorte in Empfang. Der Standesbeamte ist auch schon da und schaut ständig auf die Uhr, nur vom Brautpaar und den Jungs fehlt jede Spur.

Zehn Minuten später reißt mir der Geduldsfaden und ich rufe Inga an. »Wo bleibt ihr denn? Es sind schon alle da.«

»Hör bloß auf!«, raunzt sie mich an. Es ist nicht zu überhören, dass sie fuchsteufelswild ist.

»Was ist denn passiert?«

»Der wohl dümmste Taxifahrer der Stadt hat sein Navi falsch eingestellt. Er hat es nach Wesel in Nordrhein-Westfalen programmiert. Wir waren schon hinter Bremen, als ich gemerkt habe, dass wir völlig falsch sind.«

»Wo seid ihr denn jetzt?«

»Auf dem Rückweg!«

Ich traue mich gar nicht, ihr mitzuteilen, dass der Standesbeamte maximal noch zwanzig Minuten auf sie warten würde. »Wie lange braucht ihr, um herzukommen?«

»Wenn sich dieser idiotische Fahrer weiterhin strikt an die Geschwindigkeitsbegrenzung hält, sind wir mindestens noch eine Stunde unterwegs. Allerdings könnte ich das Steuer übernehmen, dann würden wir es in 45 Minuten schaffen.«

»Inga«, beginne ich zögerlich. »Auch eine Dreiviertelstunde würde nicht ausreichen. Die Zeremonie wirst du dir abschminken müssen.«

»Das habe ich bereits getan, als ich zu den drei verkaterten Spitzenkerlen ins Taxi gestiegen bin. Marek ist noch immer neben der Spur. In diesem Zustand hätte ich ihm sowieso nicht das Jawort gegeben.«

Ich falle vom Glauben ab. »Und das Fest? Es ist doch schon alles vorbereitet!«

»Perfekt! Dann lasst uns feiern und es gewaltig krachen lassen. Die Trauung holen wir einfach nach, wenn wir von unserer Reise zurück sind.«

Mir stockt der Atem. Ich lege auf und begebe mich auf die Suche nach Moritz. Als ich ihn bei Dana am Bartresen entdecke, ziehe ich ihn zur Seite.

»Es wird heute keine Hochzeit geben. Unsere ganze Mühe war vergeblich«, beklage ich mich.

Er schmunzelt und legt seinen Arm um mich. »Das sehe ich anders. Die Mühe hat sich auf ganzer Linie gelohnt. Schließlich ist aus uns beiden endlich ein Paar geworden.«

Ende

BISHER ERSCHIENEN

Spitzenkerle Band 1 – Kommt Zeit, kommt Bart
Spitzenkerle Band 2 – Wer rasiert, verliert
Spitzenkerle Band 3 – Scharfe Klinge, weicher Kern
Weiße Nougatküsse
Spitzenweiber Band 1 – Stich ins Herz
Spitzenweiber Band 2 – Spitz auf Knopf
Spitzenweiber Band 3 – Verstrickt und zugenäht
Spitzenweiber Band 4 – Nadel verpflichtet
Zeit der Seesterne
Lied der Seesterne
Blutorangen Duett
Blutorangen Terzett
Blutorangen Quartett
Alias Nora Parker
Lila ist der Duft der Wahrheit
Frühstück inklusive
Herzklopfen und kalte Füße
Herzklopfen und kalte Hände
Lady Marmelade Band 1 + 2 + 3 + 4
Kalte Milch und Kummerkekse
Warme Milch und Kummerkekse

Apfelkomplott
Wer liebt … vergibt
Ausgeflittert Band 1 + 2 + 3
Inkognito
Blindes Vertrauen und fatale Begierde
Urlaub mit dem Ex
Alle lieben Molly … ich nicht
Liebe ist wie Radfahren
Ledig … Geschieden … Verwitwet
Fatales Schweigen
Nie wieder Toskana
Die Pflegerin
Verhängnisvolle Ferien
Erben für Anfänger
Die Gesellschafterin
De Schauspelerin
Halbe 25
Ein unvergesslicher Single Sommer
Club der Feinschmecker
Die Treuetesterin

Zeitfracht Medien GmbH
Ferdinand-Jühlke-Straße 7
99095 Erfurt, Deutschland
produktsicherheit@kolibri360.de

Druck:
CPI Druckdienstleistungen GmbH
im Auftrag der
Zeitfracht Medien GmbH
Ein Unternehmen der Zeitfracht - Gruppe
Ferdinand-Jühlke-Str. 7
99095 Erfurt